青少年探索文库
QingShaoNianTanSuoWenKu

U0795542

花看半开

郭春燕　编

吉林人民出版社

图书在版编目（CIP）数据

花看半开 / 郭春燕编. — 长春 : 吉林人民出版社,
2010.10（2021.3重印）
（青少年探索文库）
ISBN 978-7-206-07105-8

Ⅰ.①花… Ⅱ.①郭… Ⅲ.①散文–作品集–中国–当代 Ⅳ.①I267

中国版本图书馆CIP数据核字(2010)第192133号

花看半开

编　　者:郭春燕
责任编辑:王　斌
吉林人民出版社出版(长春市人民大街7548号　邮政编码:130022)
印　　刷:三河市燕春印务有限公司
开　　本:700mm×970mm　1/16
印　　张:13　　　　　　字数:110千字
标准书号:ISBN 978-7-206-07105-8
版　　次:2010年10月第1版
印　　次:2021年3月第2次印刷
定　　价:39.00元

如发现印装质量问题,影响阅读,请与印刷厂联系调换。

目　录

贰：写意

叁：至情

美从中来(序)

◎张 炜

读郭春燕的散文集《花看半开》，让人稍感意外的是，这些篇章中的所有文字都是温暖的、怀念的、向往的，情真而意切。这是一些通常所说的美好的文字。在今天，一个身居闹市的青年写作者已经很难做到这一点了。文中追忆了想念中的扇子、茶和书，读来真是乡情可期、古韵缭绕；其中写了那么多的昔日街巷、林荒草木，流露出对大自然的一片依恋。作者的柔情和善良时时从字里行间溢出。

现在的时尚文字可不是这样。触目所见，更多的是欲望中的痛苦挣扎，是惟恐不尖惟恐不利。那样的阅读简直是一种折磨。时过境迁，文风流转，刚健不再，嗲气噎人。还有在西风的悲苦绝望中留下的文字，在商业狂潮的飘荡中洒下的泪滴；伪装的伤感，梦中的富贵，花花色色不一而足。许多矜持自重的读者已不再期望从所谓的"散文"中寻觅什么了，因为他们害怕一打开纸页就听到无力的呻吟，看到可有可无的连缀，触及渺小而虚假的情怀。是的，正是这些最平庸最无聊的东西充填了一些印刷品，堆成字的垃圾。这甚至从中滋生了一些可以相互传染的病菌，从职业写作到初弄文事者，竟然极少有人能够幸免。

人们现在希望看到的是清新自然的记录，对心情，对乡土，对朋友，一律使用不加沾染的文字来简单地加以记录。这里需要真与善，也需要美。现在一谈到美与善有人就会转脸，好像在他们那儿这一切已经变成了多余。其实正是那些没完没了的所谓现代主义的"审丑"，把我们的阅读世界给弄脏了。这一类比脏逐臭的文字相互模仿，交替唱和，从来没有羞耻。

生活与艺术一起变丑的这一天，不是真正令人恐惧吗？所以说阅读仅仅是一次次心灵的取舍，人们首先验看的将是作者的心地，而后再论其它。心地不洁，满篇花言巧语也要扔到一边；反过来，如果是清洁美善之书，虽然纯稚也要精心收起。

时尚可以是丑陋不堪的。在任何一个时期，那些与之对立的勇气需要呼唤出来。因此，我们面对朴素真实的文字时，不仅有一种喜悦，而且还会感到欣慰。这部小书就是美从中来。实际上，古往今来的好文章也许不必发出惊人之语，它完全也可以平实无欺。深刻的思想可以直接打动读者，安静的忆想也并非流于庸常。好好写下每一个字，每一份情，每一个故事，每一段经历，这才是运用文字的首要意旨。如果舍弃了这些转而追求虚妄，那非但不会事半功倍，而且只能是劳而无功，是自我轻薄。

此书的作者深谙此味，勤勉为文，直取正道。我们从这些娟秀安静的文字中时常感受的，是一份认真探求和学习的审慎，是不能也不愿潦草的谦恭态度。是的，一个写作者在现代的怪异和痛苦、急躁和怨嫉之前，也许最佳的选择就是走上一条最踏实的真挚恳切之路。这才是一条好路。

因此，这样一本书可以交到少男少女手中，也可以拿与饱经沧桑的老人。它会帮助人的忆想，提示人的精神，与读者一起微笑和感怀。

（作者为中国作协主席团委员、山东省作协主席）

人淡如菊

友赠菊花茶，以为奇。既是花，又是茶，那该是怎样清逸俊朗的模样？

沸水冲之，几枚干枯的花随波翻腾，渐至平静，霎时，一朵朵淡黄色的菊花盛开在透明玻璃杯中，如浴在水中的女子，爽洁清新，盈盈动人。于是，眼波盘桓，不忍移去。

投几块冰糖，待融尽，把盏轻饮，浅浅的隐隐的一股清香，顺喉而下，片刻便达肺腑，顿觉心骸俱松，一切释然。其茶淡，其人亦淡，渐渐地氤氲成一缕风、一絮云，在空中闲来荡去。细斟之，人生当何不凝成一杯菊花茶，滤掉俗尘，拂去杂念，独自逸然地开放？

茶香缭绕，隐约可见青郁的山上飘下一人。他荷锄戴笠，短衣绾裤，衣襟上斜斜地别着一枝嫩黄的菊花。他步风踏尘，来到自家竹篱茅舍前，推开虚掩的柴门，随手将那枝菊花插在竹篱上。隔壁邻人在瓜架下，支起一方小桌，两碟小菜，一杯淡酒，正自斟自饮。见他归来，忙不叠地招呼过来。他亦不推辞，洗盏更碟，相与推杯对酌，不胜欢悦，而面色渐渐微酡。此时，落日熔金，晚风轻爽，一阵阵袭来，篱上的菊花颤动身姿，面容晕染了一层猩红，似已醉在夕阳中……

他就是晋朝的陶渊明，因为不愿向小人俯首，不为五斗米折腰，遂躲至村野乡陌吟诗作文，经营一方田亩，不问世事，快活潇洒地打发着时光。其后的许多文人竞效其法，一旦失意落魄，便轻甩发须，仰天大笑出门去，寻山林，觅村舍，远离尘世，在自然中了度余生。也许中国文人向来处穷达用舍、水清水浊之间，自以为濯缨濯足、行藏在我，胸中一股清气，总想以己之志肆逞天下，却往往在现实中碰得头破血流，遭贬谪，便自嘲“天涯何处无芳草”，拈一枝花，枫桥夜泊，寒江钓雪，将人生沏成了一杯淡茶，涵蕴味永，朦胧了秦时明月，清澈了唐宋诗词，那缕茶香绕过花丛，悠悠，淡淡，一直飘荡到今天……虽然他们称不上伟大，却“宁静而致远，淡泊以明志”，保持了内心的独立与完整，是无奈之举，也是明智之行。

菊，轻轻地脱口而出，唇齿之间无须费力，而那种清韵便随徐徐气息悠然淡出，一如其姿态的优雅与脱俗。在乡间，田埂上，小路上，车辙辗过，牛蹄踏过，泥泞中依然可见清瘦的野菊花，怯然，却坚毅地微笑着。拢在手里，沁出一股冷冷的暗香，未及盈袖，却萦回于鼻喉齿颊之间，舒缓而畅意。我相信它小小的体内一定吸取了天地自然的精华和灵气，澄清了尘埃和芜秽，莹心一片，于是韵致天成，佳趣横生。在城市里，菊并不鲜见，花瓣繁复，叶绿且阔，花容日渐丰美，但却少了一种峭拔和秀挺，甫一照面，也不再会愕然惊诧、蓦然回首，而心中的那枝野菊花已悄悄摇曳，发出淡淡幽香……

东晋高僧慧远独爱山林之幽，尤恋庐山秀美。当时刺史桓伊便为他建造了一座禅舍，名之“东林精舍”。据言，其舍“洞尽山美，却负香炉之峰，傍带瀑布之壑……清泉环阶，白云满室”，人居此，“神清而气肃”。原来自然间钟灵毓秀，比起纷纷扰扰、尔虞我诈的名利场，何啻天壤云泥！难怪隐逸之士慕梅兰竹菊，寻尘外幽踪，携松林清风洗濯心灵，沐朝露夕岚廓清耳目，绝尘弃俗，标示出一番高洁孤傲的风姿情采。

以我的想象，山林虽幽，田野虽阔，却也一定有其物质的不足、生活的不便。即使浪漫如屈原“朝饮木兰之坠露兮，夕餐秋菊之落英”，还是要吃要住要行。于是，这些隐者涉水攀山，伐薪煮炊，一袭青衫飘在风雨中，凄冷，孤寂，甘苦自尝，冷暖自知。在此情境下，他们微微一笑，挥毫落纸如云烟，风神散朗，一派闲适和逸然，其淡泊之心足以辉映时世，且光射当代。因为今人难再舍名利、弃富贵，拥一心恬淡，去山林村野听天籁之音，探幽壑之美了。

轻轻把杯，看一朵朵菊花开在水面上，深吸一口，那股馥郁荡然于胸。恍然见陶渊明正坐在自家的院内，时值重阳，亲手种植的菊花已静静地开放，给凋零的秋天抹上一层炫目的色彩。渊明环顾四周，一张竹椅，一架素琴，还有一篱菊花。蓦地，他竟有一丝丝寥然泛上心头，想要饮酒，伸手触壶，摇摇，却是空空。正兀自发怔，一白衫人飘然而至，定睛细看，原来是好友王弘提壶送酒来了。渊明欣喜地牵住王弘的手，然后落座、斟酒，畅然对饮，兴酣处，他移过琴来，抚琴高歌，以寄其意。渐渐，渊明醺醺然已有醉意，斜斜地靠在椅上，抬手挥曰："我醉欲眠，卿可去。"便沉沉睡去。看来，率真的渊明有花有酒有友，心亦足矣，也真该再做一个好梦了。

云淡风轻的日子里，怀里抱满菊花，笑在灿阳下，那实在是一幅纯美的图画，这缘于淡泊无尘的心境，而这种淡泊又不是了无牵挂，因为渗透点点人性的温存，益显其骨高格标。就像陶渊明和王弘的友谊，其淡如水，其味弥长，似东篱之菊盛开在彼此心间，那种淡淡的蕴味香远益清，人生由此而芬芳。

秋，霜降，众芳谢，惟有一枝枝菊怒放。枝叶俏然，花容清冽，皎然而超尘。尤在月夜，朗朗清辉泼溅花上，透剔晶凝，冷冷不可浸淫。此时，端详杯中的菊花，无言无语，悄无声息。它已从绚烂而归于平淡，却自然地伸展身骸，浴在净水中，清雅，和润，自成一格。臻此，又何尝不是一种升华？

茶已微凉，轻啜，却是沁透肺腑，神清目爽。

人淡如菊，菊淡似人……

拈花微笑

初遇“拈花微笑”一词，便觉灵动跃然，形态毕现。细究“拈花微笑”，原是佛教用语，指禅宗的以心传心。相传释迦牟尼在灵山会上，以花示众，众皆默然，只有迦叶，破颜微笑，佛曰：吾有正法眼藏，涅磐妙心，实相无相，微法妙门，不立文字，教外别传，付嘱摩诃迦叶，喻心心相印。佛家意在指点迷津，而众者愚钝，惟有迦叶参透禅机，那会心一笑，意境无限，涵义深长。

不管当初“拈花微笑”的本义如何，而仅从字面理解，就已经动人心魄，别有意味。不须舌灿莲花，不必口若悬河，只轻轻颔首微笑，便妙解心颐。此时，言语已变得无济和苍白，那沉默以外的空间才是风月动人，值得想象的。

想起李白嗟叹“咸阳古道音尘绝。音尘绝，西风残照，汉家陵阙”，苍茫意象，荡气回肠。无论皇权当年如何威赫，拥有“地上殿堂三百余间”，其势湟湟，但终敌不过日月流转、容颜沧桑。当斜阳如血、西风惨烈之时，抬望眼，却是蓬蓬衰草、座座荒冢。再怎样的繁华都成过眼云烟，再怎样的缱绻都成昨日风尘。唐朝的武则天实在是睿智绝顶，她死后不著一字，只留下一块无字墓碑，“己之功过，留后人评”，气度超然，使“诸陵盗遍”的五代温韬也束手无策，望墓兴叹，不仅躲过一场洗掠，也让后人对这位女皇肃然起敬。

生前的绚烂，平日的喧哗，恰如远天风云，终会散去。独处时便会有一股莫名的悲哀。金庸武侠小说中的武林宗师，常年在高山绝顶的秘宫深寺里闭关潜修、锤炼武功。芸芸众生对他们的道行莫测高深，而他们却能在寂寞中练就一身绝世武功，并冷眼俯瞰人间的龙争虎斗、刀光剑影，一派悠闲，一副洒脱。而内心里何尝没有波澜？只不过化解在一招一式的拳法中，消散在一天一地的苍穹里。但毕竟那是小说中虚构的人物，只能神往其风采气度，不能相近相偕，惟有那份彻悟和从容时常让人心动。

有一次，我路过江苏镇江，便寻阶攀上立在高处的金山寺。正值十月的午后，天气暖暖的，空气中漾着丝丝轻风。寺内烟火缭绕，阳光透过木制的窗子照射进来，将阴翳的寺庙熏腾得雾蒙迷离。置身其中，不免飘飘欲仙。其时，做午课的僧人正卧膝捻珠、闭目默祷，似已沉入自酿的佛心之中。红尘之上，杂念已绝。那一刻，竟让我兀自沉迷起来，扰之心头的俗务凡事随钟磬之音袅袅缓去，前缘来生辨之不清。我静静地站在那儿，一阵莫名的感动，泪竟寂寂流下。恍然记起里尔克的一段话："人每每为了无谓的喧嚣，忘却生命的根蒂，不能在寂寞中，在对于草木鸟兽的观察中体验一些生的意义，只在人生的表面上永远往下滑过去。这样，自然无所谓艰难，也无所谓孤单，只是隐瞒和欺骗。"此时，低徊在如许透澈无尘的静谧里，味之良久。原来尘世里有许多诱惑，而为此好口舌、逞机锋，虽尽展咄咄逼人的一面，却舍弃了"拈花微笑"似

默然雅致，淡漠了冷静独处后的飘然超逸，更难体会生命的真谛和人生的意义。

沉默如金，哲人如是说。于是，我想起九月的土地，黄灿的稻田，红艳的高粱，是秋天捧出的果实，默默无言，却是丰盈的、肥硕的、茂盛的。还有莽莽苍苍的森林，湍流不息的河流，一望无际的绿野，都在无言地生长、流淌。这是大自然的微笑，如花烂漫，如霞蔚然，那份沉甸甸的感觉似金珍贵。而如果细斟，自然也是有语言的，只不过是以其独特的方式表现着。稻穗拔节的噼啪声，风过林间的飒飒声，冷泉石罅的汩汩声，点点滴滴，声声慢慢，汇集成天籁之音，充沛着双耳和心灵。这一刻，已经超出了语言层面的表征意义，归于了一种意境：旷远、高邈、博大。如果我们和着心跳，去理解，去感悟，自然便会有了宽容大度的胸怀。同样，拈花微笑背后深蕴

的语言内涵丰富，只不过是通过默然的形式表现出来，结果却又是耐人寻味的。

有的时候，我喜欢静静地独坐着，裹一身暮色，品一杯清茶，让搅扰不宁的心绪渐渐消融在水样的夜色中。此时，几日积淀下来的烦闷、焦躁，被别样的宁静裹挟着，挣扎几下，然后遁去。第二天，我会脸上漾着微笑迎接早晨第一缕阳光。我也常常凝视达·芬奇的《蒙娜丽莎》，在她永恒的微笑中，仿佛蕴蓄了一切美好的人性，不管世外如何纷争，她依然沉默，依然微笑。那心灵的震撼久久难抑。

拈花微笑，也许不仅是追求一种境界，也是寻找一个精神家园。喧嚣中留得一心澄明，浮躁里偷得一怀宁静。生命在孤独、沉默中流浪，在寻找那一个根。在今天这样浮躁的年代，似乎每一个人都行色匆匆，急着赶车，急着看风景，却独独忘记给自己一个心灵单独对话的机会。于是，浮躁、喧嚣弥漫开来。此时，拈花微笑式的沉默与思索显得尤为宝贵。

拈花微笑，佛喻心心相印，实际上将“难于君说”的妙处悠然心会，默然相契，那该是沉默所达到的理想境界。自己心中的烦闷、忧伤、快乐，不必言说，便心领神会，钟子期听俞伯牙《高山流水》，慨然长叹；白居易听琵琶女一曲，泪湿青衫。知音难觅，古今同理；如臻此境，幸哉快哉。

繁朵深处，最动人，是拈花微笑……

闲敲棋子落灯花

一处山峰，山上是一空地，有一平整的石，石上线条纵横，遂成棋盘。两老翁须髯皆白，随山风拂动。身后立着一棵松树，绿叶蓊郁，俯首观二老对弈。一童子侍立棋旁，手中还捧着一茶壶。两老翁其一手捻白须，其一手执棋子正欲落下。他们神情专注，心无旁骛。山间的风，峰顶的云，都凝在了这一盘棋上。中国山水画中这样的场景很多，描画的是古代士子的山居生活。

一盘棋，棋子的起起落落，带进了尘间的风风雨雨，变得风云际会、纵横捭阖。小小的棋子有黑有白，分量不重，拈起却要费一番思量。此时，棋手怎样把持自己的心态，才是胜棋的至要。而山间老翁气定神闲之态，让人觉得他不仅是在弈棋，也是在纵横人生！

想起宋代诗人赵师秀的一首诗《约客》："黄梅时节家家雨，青草池塘处处蛙。有约不来过夜半，闲敲棋子落灯花。"江南梅雨时节，夜色如墨，如丝的雨将黑色扯下，挂在了树上，蒙在了草上，覆在了乡间的房上，连掩在丛中的一方池塘也染上了这黑色，蛙和虫便开始了吵嚷，鼓噪得池水泛起涟漪。此时，一个人在烛光幽微的室内，轻拈一枚棋子，兀自沉思。此夜，他是在等待一位朋友，而夜已过半，朋友仍未到来，灯花噼啪地散落一地，他依然对棋而坐，一脸的平和。

山里的老翁和乡间的士子，同样的意绪悠闲，同样的浑然忘我，能容毁誉风中过，坐看烟云棋下穿，而后者更是把悠长的等待升华为泰然自处的艺术，那种涵养和心境实在是现代人所不能企及的。

因此，我总以为横渡书里书外，细读古文，轻吟诗词，携一身古典情韵，生活就多了一份灵动，风姿里就多了一层飘逸。可是朋友却笑我老土，如今潮流涌动，时尚更迭，"蝶恋花"逝，"浪淘沙"尽，还"声声慢"唱"鹧鸪天"，岂不是不合时宜、食古不化？君不思，驾"宝马雕车"谁还会"枫桥夜泊"，有"红袖添香"谁再浴"渭城朝雨"？

我不禁沉思，也许在深山古寺中，也许在林间木屋里，还能逃脱一些红尘的骚扰吧。于是，古人的怡然自得便对照出今人的心浮气躁。也许是古人没有钟表，生活节奏远没有今人这样紧凑局促，他们能将脚步放慢，收掠一路风景，装饰自己的心情，如此，心灵在阳光和风的照拂下，才会澄澈明亮。可是今人似乎总是步履匆匆地赶路，错过了枝上的花，错过了水中的鱼，错过了山间的风，错过了许多美好，也错过了许多心情，等汗水淋漓找一石歇脚时，才恍然：逝去的总是最美的时光。

古人闲敲棋子，是因为有一份超然的心态、平和的意绪，也寓意了宽容和等待。宽容地将自然的风纳入怀中，宽容地给他人留一份空间，然后，才是等待：风雨过后等待一个清明的世界，孤寂中等待着情感的慰藉，平凡单调的日子里等待机遇的造访。等待是对修养和耐性的考验，就像垂钓，临坐溪边，将长纶甩进水中，然后便静静地等候着波间浮标被牵动的那一刻。此时，或目光不移水面，或悠然将腿轻翘，就是不能着急，因为焦躁不安只能惊走鱼儿、一无所获，还破坏了垂钓的那份静谧和美好。

布棋如布人生，落子似落心情，输赢全在自己的手中。闲敲棋子落灯花，是一种处世的态度，也是一种爱情的感悟。皆缘宽容、平和、大度的意绪存在心中。

聊赠一枝春

我的抽屉里收藏着许多明信片和贺卡，都是这些年来朋友们寄来的。有的设计精美，有的简朴无华，有的热情洋溢，有的温暖平淡，祝福问候的话也多有雷同，但我悉数收下，就因为这薄薄的纸笺上蕴着一份想念，一种情愫……

我的朋友虽然不多，分散在各地，不常相聚，却常挂念。于是经常打打电话或上网聊聊，说说彼此的故事。每至新年，我会放飞一群鸽子，羽上涂着殷殷的话语，穿越风雨之途，飞进他们的怀中，而我的怀中也会撞满了可爱的小鸟。它们扑腾着翅膀，携来一丝丝风，风彻肺腑，温柔遍及四骸。我让这些小鸟栖息在我的案头，每每拂拭它们缤纷的羽翅，手心似乎感受着远方朋友的温暖，娓娓地与他们相倾相诉。朋友赠我的只是一笺一话，而我却得到了一春一夏。

南朝的陆凯居江南，久未与长安的朋友范晔联系。正是冬季，江南的梅花已绽放飘香，陆凯便折下一枝，枝上缀满蓓蕾，像淋在宣纸上的墨迹，一点点，一字字，连成一首诗："折花逢驿使，寄与陇头人。江南无所有，聊赠一枝春。"范晔收到这枝梅花时，蓓蕾已绽，长安雪飘，梅香扑鼻，他的心头却已然一片春天。

风雅的陆凯还具真性情，赠友一枝梅，送友一季春，移情于梅，移江南景至塞北地，他要寄给友人怎样的情思呢？当范晔手擎峭然的梅枝，他看到了什么，又读懂了什么？范晔踱至院内，长安的雪飘在衫上，沁在颊边，他已不觉，眼中茫茫，他却分明看到了江南的小桥、柳堤、亭台楼榭，漾漾的河水流过寻常人家的门口，发上颤着白兰花的女子巧笑倩兮。他和他的酒朋诗侣携手来到一家酒旗摇曳的小店，几碟小菜，一壶老酒，吟诗作对，推杯换盏，终至大醉，相扶相搀而归，那是怎样的畅怀啊！还有一个春日，他们踏在如烟的草地上，星星点点的小花铺在脚下，景色怡人，勾扯出心底的诗情。他们便以春为题，各自赋诗，轻声吟诵，然后拊掌而笑，那又是如何的惬意啊！范晔读懂了，江南的朋友在想念着他，在等待着与他的重逢，也想用江南的一枝梅花点缀他枯涩寂寞的生活，告诉他冬天过后就是一个明媚的春天。范晔的眼中湿润一片，渐渐滴下来，融化了唇边的雪花。

古人折梅寄友，不费一文的梅花清雅脱俗，自江南至陇上，其间经历了风霜尘雨，却愈见超逸。传到范晔手中，蓓蕾初绽，那原是陆凯送给挚友的一个微笑，在瑟瑟的寒风中，馨然而灿然。朴素的物什可以寄托浓郁的情思，可以把挚情演绎成一种浪漫，简单的形式同样可以表达丰富的情感。

古时物质并不丰富，身边的一草一木撷来便是示情的语言。分别赠柳，相思遗红豆，思念友人就寄情于梅花。有时，飘忽的云，游荡的风，清冷的月光，都能被古人的手牵住，系在诗中，送给他们想送的人。这样的礼物因为沾着自然的露珠而显得灵动清澈，收到它，心里怎不泛起感动？

我经常收到许多作者的来信，有一封信里还夹着一枚枫叶，这是一个中学生寄来的诗稿，文字清淡，语言稚嫩，虽然还不能发表，但我仍然很珍视它，因为我觉得在今天能有如此的慧心和情趣实在是难得。我不知道她是怎样拾得的枫叶，也许是在山上，也许是在公园，也许就在路边，但不管如何得来，能够俯下身轻轻地捡起枫叶，然后用手抹平，装进洁白的信封里，都足以证明今人也不乏古人的浪漫，能够将一情一意浓缩在一叶一花中，散出了真诚与高雅。我不知道在以后的日子里，那枚枫叶还能否依然鲜红，但我相信，淡了颜色，也淡不去自然韵致；失掉水分，也失不去天成风姿。此时，我只能祝愿远方的女孩会永存这份逸趣。

如今，鲜花绽开在城市的各个角落，将生活装饰得绚烂缤纷，使物化的社会多了几分温馨。虽然这种情调的营造需要金钱，但毕竟点亮了心底的一缕柔情，暂时或片刻远离了功利。如果能由此让心灵躲开喧嚣，获得一份宁静与安详，那又何尝不值得庆幸呢？

朋友有酒相邀，以礼相赠，应该是人之常情，视情况的不同而采取接受或拒绝的行为。但有朋自远方寄来的一枝梅、一片叶却实在不该拒绝。虽然这样的礼物不值几何，却因为朋友的信任和坦诚才显得弥足珍贵。拒绝它，错过的可能就是旷古的友情。俞伯牙只不过是在山间弹奏一曲《高山流水》，遂与樵夫钟子期结成千古知音。他们连一梅一叶也没有相赠，却因为对音乐有共同理解而惺惺相惜。难怪俞伯牙在重返旧地时，闻知钟子期已经去世，悲痛万分，摔琴谢知音，声断其时，余音却渺渺绕至今人耳畔。

聊赠一枝春，所赠之春是一片温煦的友情，也是一树生活的希望，因为小小的梅花在雪中犹自微笑争春，它传达给人的又何止是美丽？范晔收到了这枝梅，也收到了友情，更收到了一季春天，他应该是幸福的，至少是在那一刻。而此刻，我只能遥遥望向从前。

相忘于江湖

庄子讲过这样一段故事：水井要干涸，一群鱼儿聚集在一起，相濡以沫，相呴以湿。怎么办呢？与其割舍不开地坐以待毙，还不如各分东西，相忘于江湖吧。

鱼儿的江湖水色潋滟，人的江湖亦是满眼烟波。家是港湾，校园是象牙塔，出门一步便是江湖，风雨兼程却再难回顾。曾经拟作萧萧寒水边的书生，揖别而辞，昂首出门，将青春一梦都留给了绿树白墙的校园。初入江湖，还有几分不舍。远在异乡的朋友信函常往，留在同一所城市的知交便相约聚在周末，三杯两盏淡酒，怀想从前的日子，泛滥的淡淡哀愁让我们湿了眼角。昨天的故事如加糖的咖啡，绵绵入口，苦甜掺半，回味在心。这样的日子忙忙碌碌迭迭停停转眼又成过去。

相聚的次数愈来愈少。偶尔邂逅在人来人往的街头，见过那渐去沧桑的容颜，不觉又多了几分伤感。浩淼的江湖实在很大，淹没了芸芸众生，也淹没了种种情感。其实，这不仅缘于时空和地域的转换，也因为似水流年改变了我们的心性和感觉。当我回到生长的故乡，小小的边城已变了模样。我努力搜寻着依稀的记忆：细长狭窄的街道，比邻而居的平房，染红西天的夕阳，袅袅升起的炊烟，这些却都难见到了。换了容颜的城市和换了容颜的旧时伙伴都让我陌生，我有些茫然。我和他们客套、寒暄、叙旧，心中竟没泛起波澜。是时间的灰尘遮盖了疲惫的心，还是世故的潮水淡释了久远的情，我不知道。我只恍然觉得我们都是游在水里的鱼儿，因水的浅浊而分开，渐游渐远，再相遇时，眼里流转的是惘然和淡漠，因为我们已经离开那条河流太久了。

相聚是缘。无论是朋友，还是爱人，能够走到一起确实是上天赐予的造化。于是牵手的日子总是天淡云闲、风清月朗。但有时我们身不由己，散入茫茫江湖，每人重新获得另一种生活。也许从容不迫，也许紧张匆忙，距离的偏远、思想的隔膜又疏忽了往来，渐渐淡漠了那份情感，偶尔回眸，丝丝缕缕的情愫还会扯出一股怀念，而掠过眼前的风景却又将我的心情带到别处。曾经有几位要好的朋友，如今已在遥远的他乡度自己的人生。翻开留言册，那一行墨迹虽然淡了，却依然遒劲而洒脱，一如我们当年挥纵的豪情：海角天涯不乞再相见但求勿相忘。目送着列车带走了厮守多年的朋友，我的心里仍然重复着这句话。最初的几年，自远方飘来几羽如鸽般的贺卡，上面涂满了精致感人的祝福和问候。慢慢地，那可爱的小鸟不再飞来，偶尔在电话里留下几声轻啸，却也淡淡远去……不知道天涯海角的旧友还会想起我吗？友谊真的是一片偶尔投影在彼此波心的云，转瞬间就消灭了踪影吗？难道会像徐志摩说的：你有你的方向，我有我的方向。虽然交会时曾经放出光亮，但毕竟终得相忘于江湖、相忘于道路吗？

思绪至此，心底便吹过一阵寒风。我视之珍贵的友情会随风而逝，留给我一片苍凉吗？我竟漫过一丝悲哀。秋天的午后，我立在窗前，看到那片白杨树林兀自伫立，叶已泛黄。是什么时候团团葱绿淡然成这般颜色？我不禁瑟然。我看到发黄的树叶在风中悠悠落下，一片，一片……这时，浮云游走，阳光抖出灿烂，抹在白杨树上，树叶竟辉映出一种光彩，明亮又炫目，我的眼睛如浴清波，心里豁然开朗。树在四季轮回中绿变黄、黄变绿，颜色的更迭里孕出了成熟、庄重，且耐风雨。叶落，是为了重生；放弃，是为了获得。想起一位散文家说的话：“不能把握的我们必须泰然地放弃，不论是诗，是自然，或是七彩斑斓的情意。”我和我的朋友相遇在校园，那里虽未远隔红尘，却相对是一个平静安宁的小社会。我们在此泼洒一往不悔的青春，寻找浪漫的爱情和不渝的友情，那是怎样快乐的时光啊！而天下却没有不散的筵席，终有一天，酒残杯停，人走江湖，我们只有无奈地挥手道珍重。时流漫漫，距离遥遥，行走中，我们都难把握那份情感。我们只能从肩上轻轻卸下，慢慢放在地上，然后一直走去，心里思忖着：下一个路口我还会碰见你吗？

千年前的唐朝有两位诗人：李白和杜甫。一个放浪形骸，一个忧时患世。偶然的一天，他们走到了一起。那一天，阳光洒进他们的心里，生命骤然迸出亮色。执起对方的手，不禁慨叹相见太晚。他们以诗相赠，以酒相邀，酣畅淋漓间尽铺相惜情怀，然后一个人送另一个人踏上远途。目断处，是一天的霞彩，人渺如叶，就融进了那夕阳之中了，留下的是诗的韵味，缅长而悠远。李白和杜甫就这样分离，从此再未见面。短暂相逢又各奔天涯，漫卷诗书，挥洒文字，终于巍峙成中国诗歌史上的两座高峰。其实，他们何曾相忘，只不过是他们懂得放弃，放弃厮守，放弃缠绵，却赢得了一片新的天地。

我于是明白了，泰然地放弃并不是完全抛掉，只不过是给对方一个自由的空间和轻松的心态，彼此没有负担地和谐共处，是理智也是超逸。仔细想一想，友情的价值在于互不伤害各自的独创性。不要以为长相厮守、一团和气、彼此掩饰自己就是珍视友情。合而不同，双方都保此自己的个性，才能越发相互信赖、相互尊重，才能建立真正的友情。如此，即使分隔两处，因为有美好友情的滋润，人生便不觉遗憾，生活便不觉单调。

也许相忘于江湖并不是一件坏事，毕竟不能奢求永恒的陪伴与驻留，聚散劫里，谁也无法拥有永远不变的快乐。“悄悄的我走了，正如我悄悄的来，我挥一挥衣袖，不带走一片云彩。”超尘脱俗，情味缭绕，一个性情中人的况怀，又岂是志摩一人独有？

人散后，天澈如水，一钩淡月斜挂，几颗星星疏懒地横卧。星和月相伴于苍穹中，互送秋波。它们看似很近，其实相距何止千里万里。它们静静地默望，远远地对视，像一条条鱼儿，游在自己的河里……

与其相濡以沫，不如相忘于江湖。

携手走天涯

人在红尘，身居闹市，免不了要生出许多烦恼和忧愁。有时想想，难怪陶渊明老先生有“久在樊笼里，复得返自然”之慨。如果陶翁尚在，面对着污染的天空、嘈杂的人流，他还会对天吟哦“归去来兮”的。古时的高僧隐士住在山林里，拥山水，揽烟霞，东篱采菊，西山弈棋，出寺钟声悠远，当窗花影依稀，尽睹自然的变异代谢的万种盎然生机，可谓超尘拔俗、一派仙风道骨哉。而此等自在如意又羡煞多少红尘中人？遥忆“一生好入名山游”的李白，看惯风花雪月，遍尝人间冷暖，终究是大喊一声“人生在世不称意，明朝散发弄扁舟”，背起行囊，竹杖芒鞋，浪迹天涯去了。长思击节高吟“大江东去”的苏轼，虽自信“天涯何处无芳草”，泊赤壁，贬黄州，却再也难觅那“不思量，自难忘”的知己。烟云已逝。古人的身影渐已模糊，而今人雄心犹在、浪漫依旧否？走向何处，携手者又知向谁边？

枕边放着金庸的《射雕英雄传》，书中的油墨味道从页隙间一丝丝地挤出来，仿佛郭靖携俏黄蓉在我的眼前飘过。这一对天成佳偶，侠骨柔情，剑胆琴心，携手走天涯，潇洒闯江湖，好一份诗意人生。这是李白和苏轼当年所希冀的生活，偏偏天未遂人愿，终其一生，他们也没有牵到心仪的红颜的手。不是每个人都会有这样的幸运，也不是每个人都会将这样的故事演绎得美丽动人。那毕竟只是寄意于文字中的一种美好，铺排在书页间的憧憬罢了。

在现实中，也许还能觅到一位知己可以和自己携手，但要与其浪走天涯并不容易。不必说荒山大漠和高原野岭，生存尚要挣扎，缠绵之情应该是食饱衣暖之后的奢侈了。虽说声色货利难缚男儿七尺之躯，却有几个在谋生之余去听山水之音？又有谁能敌得住世外的孤寂和清苦？最后还得为衣食奔波，白了少年头，灯烬油枯，灰飞烟灭。另外，随时光飞逝，携手之人红颜不再，本来集豪情与浪漫于一身的书生侠客，对着一张枯皱的脸，还怎会生风云之志和似水柔情？所以，那曾经激荡人心的故事，看来也只能是在武侠小说中里才能出现，

而因为久远，古时、古人便成了今人遥远的意象。今人缅怀古人，描摹着古人的形象，向往着古人的浪漫生活，就像仰望着一轮明月，猜度着金澄的圆盘里住着怎样的仙人。更因为

在尘封的千年里曾经发生了许多经典的故事，不免让今人望透烟尘，将眼光送回茫茫的古代，寻找着契合自己的身世和性情的人和事，于是，书本中、舞台上才会袖飞剑走了。

文人有红袖添香，侠客有美人捧剑，二人携手走在桃花行在清风中，拂来的古韵幽情着实让今人钦羡。梁山伯与祝英台长袖相牵，十八相送，说不尽的情意缠绵，却爱梦难圆，最终化作一对翩翩的蝴蝶，飞上了树枝上，飞到天尽头，他们以翅代手，携在一处，去往他们心中的天涯，再也不离不弃。汉代的卓文君在一个夜里从深宅大院溜出，投进了司马相如的怀中。文君为了爱情舍弃了名誉和尊严，当胪卖酒，将自己的一生都系于了相如的身上，而她衷情并托付终生的人却又移情，虽千金买一赋留住了相如，可又能留住他的心吗？此时，文君的携手天涯梦只有在沉沉的夜里才会寻到。

古人携手不易，走天涯更难。只有入梦化蝶才能与爱人身心融在一起，才能在自由的空间里飞翔，这是一种心酸的浪漫，是一种彻腑的悲怆。而今人在为古人掬几滴清泪的时候，不禁庆幸自己生恰逢时了。

今人有幸，可以与人携手，又有几人可以走“天涯”？

天涯绝非仅仅是指地理意义上的天涯，更是指灵魂与身体融在一起，情意相通，能够共历风雨的一种意境。而这“天涯”几人才能走到？红尘的世俗与功利不知给多少人的心灵蒙上了灰尘，手携在了一起，可是心却越走越远，天涯漫漫，步履迟缓，那海上升起的太阳何时才能看到？

古人虽然牵不到对方的手，却已然走进了心内的天涯。梁山伯与祝英台就是死也要化蝶，双飞双栖，永远徜徉在爱的天涯。从中便可以窥到古人身上的那种至情至性，感觉到他们身上抖落的英风豪气。虽然时过境迁，不能苛求今人像古人那样认死理、做傻事，但学一学古人的襟怀和风采，未尝不是一件好事。当今人声嘶力竭地高喊“妹妹你大胆地往前走”，带着无奈与凄楚，何不吟着“小舟从此逝，江海寄余生”，洒脱地奔向心中的天涯呢？

“携手走天涯”是一种美好的理想范式，如袅袅香火，可祭可拜，可嗅可醉，却不可捉、不可握，但却可以会其意、涵其韵，将它默默地蕴于心底，并牵上爱人的手，一起去寻觅远方的天涯。

“携手走天涯”是一份美好，也是一种期盼，在李白未能遂愿，今人却有可能实现，因为今人毕竟氤氲了古人遗风，并沐浴在今天的阳光下。今人不必效古人之尤，只将这美好和期盼珍藏心间，穿越风雨，便可尽情享受心灵滋润和情感抚慰。

天涯在远方，而携手之人呢？

剑走偏锋

剑是男人行走江湖的凭依，江湖是男人的天下、男人的宿命。

张潮在《幽梦影》中说：“胸中小不平，可以酒消之；世间大不平，非剑不能消也。”对中国文人来讲，剑是兵器中的王者、江湖上的君子。佩剑是他们的一个姿态、一种表情，不同的人姿态不同、表情各异。屈原戴高冠、腰悬“陆离长铗”，行吟天地间；贾岛将读书仕第比成“十年磨一剑，霜刃未曾试。今日把试君，谁为不平事?”李白“停杯投箸不能食，拔剑四顾心茫然”，“愿将腰下剑，直为斩楼兰”；龚自珍落魄时，“一箫一剑平生意，负尽狂名十五年”，多年不第，“怨去吹箫”，一待由副榜贡生考中武英殿校录，便“狂来说剑”；贯休豪侠任纵，“满堂花醉三千客，一剑霜寒十四州”。文人虽然书生意气，却喜欢掬花煮酒、挑灯看剑，纸上纵横剑影，胸中激荡壮志，文人遂成沙场英雄。辛弃疾一剑在手，赢得生前身后名，书生无用，却可报国安天下。

“江湖就是人心，任你怎样逃得掉?”《笑傲江湖》中的任我行这样狂啸。江湖是深不可测的世界，借喻了许多事物和心情，社会是江湖，书本是江湖，男人是江湖，江湖风光无限，那不曾触摸的原是激荡的刺激的人生，给人新鲜、冲动和渴望。人心难测，江湖也是深不可测，江湖是寓言，也是喻言。像一个传奇吸引着芸芸众生，是一种借喻比拟着各式人生。一旦涉足，有风光，有风尘，有风险，是成就梦想的天地。

剑有湛泸、赤霄、泰阿、龙渊、干将、莫邪、鱼肠、纯钧、承影……一舞剑器动四方，每一把剑都有灵魂，每一柄刃上都有一段传奇。项羽乌江拔剑，愧见江东父老，一刎谢天下，悲的是英雄末路，壮的是豪气冲天。少年的意气怎敌刘邦中年人的心机，失败的项羽顶天立地，当得起“男儿”二字。捧着剑，就有了一种英风侠气，有了叱咤天下的胆量，有了纵横江湖的资本，于是才诞生了英雄，才演绎了传奇。仗剑走天涯，煮酒论英雄，剑气如虹，挑起的是人间的风波，还有尘世的风月。

当剑尖划过的时候，当身体下坠的时候，应该都有风的声音。风逝去，便有了悲剧的意味。本来剑拔扬眉端得是一派英姿勃勃，飒爽得让人侧目。可剑走偏锋，又附着了决绝之意、凄寒之念，死亡成了它的附加词，竟泛起凉薄和酸楚。

书生有红袖添香，侠客亦有美人捧剑。江湖有道，风月无边，侠客的爱情笼在刀光剑影下，沾的是血腥，刺的是伤痛。所以，剑下从来都是悲壮和凄烈。古龙笔下的西门吹雪冷如剑、傲如冰，永远穿着雪白衣服，身边相衬的只有梅花。纯粹、正直、高雅、寂寞，像冰峰上的雪莲。独孤求败的武功在他之上，但没有他对剑的执著，叶孤城的剑法不弱于他，但却多了名利的干扰。只有西门吹雪才是真正的剑神。他视剑为生命，把杀人看做一门优雅而神圣的艺术，杀人之前，他会斋戒、沐浴、更衣，从容不迫，虔诚而心怀敬畏。他为了剑可以放弃爱人。“男儿到死心如铁”，心硬如斯，没有些微热气，爱上他的女人，注定要一生心碎。这样冷酷的男人只想成就自己的霸业，江湖的声名才是他最大的理想和慰藉。

“路飘零，路茫茫，烟雨遮不住。轻叹江湖，岁月无尽处，都说时光如水。”所有的伤口都会愈合，所有的创痛都会淡忘，但生命本身就已埋下无数苦难的可能，成长是一件艰难和无奈的往事。如此，剑也走偏了方向，原本是刺向敌人的刃却划向了自己的颈。尤三姐一剑成全了节烈，程蝶衣一剑证明了痴情。剑绕江湖，是一介勇敢；剑缭风月，却是一场贞烈。终于，流言不再，罪过不再。芳华尽逝，万念成空。

世事如梦，对尘间的失望与憎恨、伤感和绝望，侠客无力也无奈，便只有逃离，以剑封喉，以剑血颈。尽管方式是决绝的不计后果，却又是怎样的震撼人心、动人魂魄。

剑走偏锋，一切缘自执迷和沉沦，生之困，爱之苦，一剑解千愁，一剑释恩仇。永远有多远，什么是永恒，生命不过是一场幻觉，脆弱而华丽，短短几秒钟的时间，就足够繁华落尽，铸成一场传奇。人生有逃不脱的苦难和烦恼，剑，成全了英雄，也消解了英雄。

男人的剑，如此才有了多义的隐喻，丰富着男人的世界。

去留无意

我向来不爱交际，宁愿躲在家里读书，也不愿抽身待客。对于一般殷勤好客的常套也不以为然。反躬自问，能够与我推心置腹的朋友还是有的。我一直相信只要以真诚待友，自己不仅心平气和，亦会为他人所理解。

有客款扉之时，把握言欢，促膝相谈，从中我发现了他们一些新的美德和从未曾料到的动人之处。当然，与其谈笑风生，也会有尴尬索然之时，而我只作轻哂，洗耳恭听罢了。所以，良朋挚友联翩而至，我心境欣然，揖别辞去，我亦为乐。毕竟相聚有缘，分别又让我有独处而深省的机会。正像梁实秋先生所赏识的那种心情："你走，我不送你；你来，无论风雨，我要去接你。"这多少颇似"有约不来过夜半，闲敲棋子落灯花"的境界，那种洒脱超逸仿佛与生俱来，其情境足以让人低徊不已。

古人送别，多雅人深致，南浦骊歌，灞桥折柳，平时莫逆于心，临别难舍难分，“执手相看泪眼，竟无语凝噎”，看“碧云天，黄花地”，惺惺相问，“晓来谁染霜林醉”，却道“总是离人泪”。此情此景，能不让人泣离别、兴悲怀？中国文学中渲染离别的经典场面多矣。梁祝的“十八相送”缠绵悱恻让人心酸，朱自清父亲在车站的背影让人潸然，而项羽乌江别虞姬更是让人泣绝。我欣然的是他们都是有情之人，滤除了功利的尘沙，他们的心地犹如儿童，纯净而天真。如此，他们的故事才撩起我心底那最柔软的琴弦，铮然有声。

有情才会有泪，泪何时流，又为谁洒，我想只有离别才是契机，也只有至亲至爱才会情动于衷，涕泗滂沱。我常在站台看见相拥而泣、执手话别的男女，有时，我心中也无端地惹起一阵酸楚，不是别的，只是觉得现代人也不乏温柔的情动，同样会演绎浪漫美丽的故事。如果放慢脚步，摸摸身边的树，闻闻路边的花，心底便会漫上一股情愫，生命中曾经牵手的人一个个浮现出来，那些相偎相依的场景也跃然而出，才觉得有过那样的日子真好。虽然这些情景已渐渐逝去，但温暖的记忆会滋润我的一生。

心中因为有了这份情感，我不会寂寞，也不会因为它的悄然而逝而伤感。我好像看到李白在春意流漾的河边，布衣褐衫，斜别着一柄长剑，船家解开缆绳，将竹篙落到水下，轻轻一点，小船缓缓悠悠地荡开。这时，飘来渺渺的歌声，李白侧耳伫听，脸上现出一丝丝微笑。他知道是汪伦来送他了。不一会儿，汪伦就站在了岸边，向着李白挥着手，发丝随衣袂飘飞。李白眼眶有些湿润，但他同样向岸上的汪伦挥挥手，小船荡起，向远处划去，岸上的汪伦渐渐地渺如一苇。这幅画面总是那么清晰，是因为我实在艳羡李白和汪伦的友情，还有他们潇洒自然的告别方式。汪伦踏歌而来，李白飘然而去，简洁而明快，遂成千古绝唱。“桃花潭水深千尺，不及汪伦送我情”，李白叹一口气，悠悠然，绵绵不绝，吹荡起一缕微风，在我的发上心间穿行。

去留之间，难免缠绵，如何做得自然与随意，需要水样情怀和云样气度。挥手告别时，情意如水漫布四骸，眼睛因此而迷离，手因此而柔软，在相互的对视中波荡水涌，淹没了彼此。如果一任汪洋横肆，走不得，又能留得住吗？其实，不妨让心中的那份情意淌成一泓溪水，不仅在分手时沾湿对方的衣衫，而且在别后的岁月中滋润每一个日子，思念遂成美丽，离别也是诗意。于是，去时如云，随风而飘，像汪伦送别李白，把挚情编织在歌声里，萦回在彼此心间。这样，是不是更值得回味与珍惜呢？

当然，有些离别不是如此轻松，譬如永别。这种离别恐是再无相聚的可能了。古人道：“黯然销魂者，别而已矣。”生离还会相见，死别却只能是阴阳永隔、梦中再聚了。让泪水放

肆地迸流出来，是发泄悲痛的一种方式，实在是无可厚非。我也曾看到过死者家属泣惋如歌的哭诉，身在此境，不免动容。但有时我也怀疑这里面是否也有表演的成分呢？庄子诈死，他的妻子在人前也是哀哭恸绝，转眼间却与新欢姿情行乐，庄子坐起，其妻羞愧自尽。所以，墓前的泪水有几多真诚，还真的费人思量呢！不能以泪断定对逝者的情真与否，而是在以后的日子里才能慢慢体会到这种情感的坚贞。

离别中还有伤心饮恨的夫妻离异，这种离别往往是双方陌如路人，能够再坐在一起对酌的也是少数。其实，旧情恰如天涯远处沉默的花，萦怀不散重续旧缘，淡然相忘就再觅新天，何苦因此而一生不快乐？换个角度来想，能在红尘里体验过这份人生的脆弱和苍凉也算是拥有了一笔财富，因为从此就会感悟人生，理解真情，来去如风，休说苦痛，领略到至真至纯的风光。

去留无意，是一种心境，也是一份姿态。它不是绝情寡义，而只是将离别简略成一道风景，缩印为一部书籍，可赏心悦目，亦可指摩书香，在自然随意中求得心境平和。

倘若如此，那又何乐而不为呢？

纵情声色

纵情声色，初听有一种暧昧和放荡。细解另有一番韵意。

“声色”二字，对于男人和女人来说，纯粹是精神上的愉悦，没有暧昧之意。声是音乐，色是美术，尤其对于看重品位的男人，对于讲究情调的女子，仿佛是身上的衣裳，披上，就能看出各人的喜好和雅俗。

有声有色，形容情境氛围的艺术，借喻花好月圆的完满，恰当，形象，超脱出物质，晕出尘俗之上的云朵，是别样的气质，耐住眼光的品评，耐住时光的抚摸。纵情声色，精神于是有了皈依，有了寄托，生命似锦上的繁花，团团，簇簇，华丽飘荡。

当然，声色之娱是温饱之后的奢侈，却总好过酒足饭饱后的不知所以和乱性糜烂。

饱暖之余，何不纵情声色，男人因此而环绕着高贵的气度，女人因此而周身蕴着优雅的气韵。声色间，放纵着想象和浪漫，才有了李白，才有了苏轼，一路迤逦，才有了五千年灿烂的文化。声色间，淋荡着生命和自然的原色，是原始，是质朴，是拙趣，是艺术。

回头看，时间散了一地，零落地铺在生命的角落里：这一段是春，那一截是秋；此一星花笑，彼一粒月静。时间如覆水，波光四溅，难成一掬，惟有艺术家凭着灵感和技艺，笔针墨线，将时间的碎片缝缀成了一件华衣，披上，便足以昂首步入一场精神盛宴。

艺术家就是一位匠人，时间在他们手下是烟波山水，是媚雅心情，其画自顾风前影，其意临去几回头，牵着你的目光，一步步，走进缤纷色彩，走进快意与妙感之中……

淋山水入画，扑眼，心下沉积的朦胧的梦影就渐浮上来，幻成真实的印象，似万人丛中，遇见思念的那个人，“哦，原来你在这里!”是一种惊奇，是一份欢喜。

色彩是繁复绵密的，心思却是简约淡泊的。花、树、月、瀑、风、雪、霞、涛……挟着四季，涌入画家的笔端，流入宣纸中，于是，纸上便风云际会、风光无限了。

山川沟壑、江海云天信手拈来，纸上铺陈，便漾出一种内敛的睿智，一种恣意的慧黠，朴拙中见真纯，繁复里显轻灵。风光入怀，就会扯出一缕缕或婉约或绮丽或富华的情愫。秋风雾海，深树飞瀑，皓月千里，鸢飞鱼跃，苍岩斜阳，唐宋气韵，现时情怀，凝于纸墨中，晕在尺幅间，是心灵的感觉，是艺术的渴望。

那云，那雾，那梅，那荷，那风，不知不觉间，就潜进了身体里最柔软的那部分，胸中藏万壑，魂间有山水。“因为懂得，所以慈悲。”张爱玲谈情的这句话，在此时也有了别样的意味。步入山水，揣摩风雨，触着自然之灵韵，于是懂得，懂得沉默的语言，懂得绽放的情怀，而心底的忧郁和感伤从淋漓的笔下溢出，就是人性的慈悲，馨暖着芸芸众生。

自然是无知无觉的，只因把人的万千心意放进去，就有了纷繁婉转的意味。一枚花瓣、一片光影就能撩起人的情思，全赖个人的禀赋和造化。

那一团团浓得化不开的颜色，那一抹抹扑不灭的欲望，跳出画幅，逼过来，撩人眼目，沉入腑底，是刻骨，也是难忘。于是，读画人穿行在典丽考究的汉赋中，踩在忧郁婉转的二胡琴音上，用纤长细白的手指抚摸着光滑的盛唐丝绸，沉湎在昨天的想象里，沉溺于今日的审美中。那是一种暗地妖娆的凝眸，也是一种华丽转身的谢幕，是浪漫，是惊奇，更是感动。

故事，可写成闲话；风景，亦可淋成水墨。端在有一双不倦的脚和一颗不输的心。时间的碎片在画家的手上被织缀成一件华裳，荡着不绝的风情……

纵情于此，便是人在天堂、身在仙境，有无限的欣悦。

幸有我来山未孤

有人说：山，是一个未凿的灵，锁住无尽的俊秀，只许清风白云知道。低徊吟之，况味悠长。山，遥远而神秘，绿翠铺泻，高低冥迷，牵惹了多少人的思绪和脚步。它已成为一种远隔人间、隐居避世的象征符号。翻阅诗书典籍，亦不难读解。唐贾岛诗云："松下问童子，言师采药去。只在此山中，云深不知处。"高山隐士，行藏不定；白云深处，仙迹难寻。寻访不遇，心下几多失落，但遥望茫茫山林，飘逸如风的大师又让来者怅想不已。所谓"山中一日，世上千年"不是虚言，时间于山只是一个瞬间，天地皆无尽也。

山亘立千年万年，吸引人们纷至沓来，而得其精髓者少，怅然而归者多。山没有了文人本来也不要紧，却少了一种韵味，少了一种风情。就像一所庙宇没有晨钟暮鼓，就像一位少女没有流盼的眼神。没有文人，山水也在，却不会有山水的诗情画意，不会有山水的人文意义。确实，山的深邃，山的静谧，自成风景，但没有人的造访，山孤立年万年，又怎会有其文化上的价值和意义？“幸有我来山未孤”，与山茕茕独立，拥一襟烟岚，濯一溪清流，物我两忘，其情其趣足以让人欣然。坐在山的怀中，山风抚耳，山月浸衣，偶有渔樵闲话传来，也透出点点人性的温存。此时，山因为有了“我”的存在而平添奇韵，而“我”也因为山的衬托而愈益超尘。幸有我来，山未孤独，幸有山在，我不染俗。山与“我”的对应关系，是相辅相成的。

于是，中国的文人迤逦而来，竹杖芒鞋，一蓑烟雨，鼓噪得许多山水声名鹊起，且泽被后代。如今庐山、黄山、峨眉山等名山旅游业的兴盛，真多赖于先师先圣的恩宠呢！也许他们没有想到其诗其文会有如此的生命力和震撼力，会让今人踏着诗的平仄抑扬，行进在山道上，任风中拂起古时的烟尘。他们只是沉在自己的梦里，寻找着一种情感的依附、心灵的寄托。陶渊明如此，李白亦然，苏轼同道，中国文人一脉相承，不绝如缕。他们放纵诗情，投入深思，让心灵与自然碰撞，达到天人合一的境界，李白“相看两不厌，只有敬亭山”，与山相对独坐，两相愉悦，心的流认可了山的存在，那份和谐融洽透出天性的自然亲和。

有这样才情横溢、骨骼清奇的诗人陪伴，山又怎会孤独？

尽管古时文人在他们的文中尽述山林之乐，但我也似乎从中读出一股悲凉与无奈。他们常常自诩“天生我才必有用”，不想在社会上却处处碰壁，难以伸展拳脚，于是乎，“仰天大笑出门去”，眼光也渐由社会转向个人，由外向转向内心，山林之间，便成为他们安慰心灵、消弭志向之所。深山筑庐，寒江钓雪，手捧红泥小火炉，醉饮绿蚁新醅酒，以此保持了文人的雍容气度，不致狼狈到底。而这种行为是社会的幸与不幸，是一种圆融智慧还是高级的庸人哲学，是养生之道还是自欺欺人，实在是意味深长。

如今，时代变迁，今人享受到了现代文明的繁华舒适，偶有心绪烦闷，便动了回归自然之念。踏破山的宁静，扰乱山的清幽，尽兴而归之时，却给山留下了喧嚣和污染。此时，今人并不想在山中获得一种心灵的宁静，只欲猎得放纵和宣泄的快感，与古时文人在境界上大有不同。古时的文人在心理调节自我平衡之余，尚留下名文佳作，给山涂抹上一层文化色彩，多少淡化了文人的鄙陋。而今人与山相处却失去了把握，打碎了山的景致和情怀，消解了自然的和谐美和艺术美。身受古人的遗泽，却缺失了那份文化情趣和人文意义。如此，山只是立在古代而不是当代。如此，山还会因为“我”来而惬意欢欣吗？

“仁者爱山，智者乐水”，山水之间，真有清音，而匆匆往来者，又有几人能成为仁者、智者？其实，山与水才是真正的仁者、智者，它们以其博大的胸怀、深邃的力量昭示着我们。

对山，应如里尔克所说："人不应再物质地感觉它为我们而含有的意义，而是要对象地看它是一个伟大的现存的真实。"山虽然沉默，但也是有灵气的。如果我们都怀有一颗真纯拙朴之心，与山静静相对，留下诗也好，不留也罢，只是不要踏碎山的幽梦，不要玷污山的情致。携剑不须风月啸，登高只为看山来，那么，山会有感应的。

有一天，"我"还会策杖披蓑而来，听山涛，揽烟霞，山亦会宽容地拥我入怀。这时，吟一句"幸有我来山未孤"，心畅意足，直抵禅境。

独立小桥风满袖

一座桥，桥下的水脉脉，桥上的人默默。

桥下的水自流淌，浸沉在文字中，装点了别人的梦；桥上的人看风景，无意中又成为别人眼中的风景。

世间的事就是这样变幻不定，换个角度来看，风光别样。

夕阳扯上一匹红布，遮住半边西天。一处残垣，零乱地弃在杂草中，纠缠不清的藤枝躺卧在砖石地上。几只乌鸦盘旋在一棵老树间，哀哀地嘶嗥着。一匹枯瘦的马正踽踽行在树间的小径。路尽头，有一弯河水流淌，河上一座木桥，桥那端隐隐几顶茅草房。站在小木桥上，自水上泛起的清凉挟进风中，扑面而来，心里就无端地荡起惆怅与悲戚。此时，小桥因其立身之地的孤伶和无所荫庇，愈衬出心情的寂寞和凄楚。

夏日的午后，柳丝如长纶坠水，拂动着河面，画出一绺绺曲线。河上泛着几只鸭，悠闲地交颈低语，随水漂游。小石桥上走过轻冠长袖的梁山伯与祝英台，他们指指点点，谈笑间，已把风儿揽入袖内，鼓荡起心底的一抹温柔。这一刻，小桥因其融在旖旎山水之中，愈显出人的风神俊朗和情致优雅。

桥，因为所处之地以及时令的不同，带给人的也是不同的景致、不同的思绪。我不知道如果缺少了桥，生活又是怎样？起码是交通的不便，然后是想象的贫乏，那种艺术氛围和艺术情境便也无从寻觅了。

小时，听大人讲牛郎织女的故事，就会在夏天的夜晚，趴在冰凉和窗台上，痴痴地望着满天的繁星，寻找着那座星星搭成的桥。夜空如河，星子似波光泛动，怎么就找不到那座美丽的桥呢？想着想着，我就睡了，迷迷糊糊中我见到了鹊桥，人流如织，都在过桥，我挤在人群中，总感觉脚下的桥软绵绵的，一会儿，我就被挤到外面，在人群的推搡下，突然一脚踏空，栽了下来……我醒了。

桥最初就是带着欢乐和幻梦在我脚下伸展，慢慢地又延伸开去，变得更具美的价值和文学内涵了。

大学校园人工湖上有一座小木桥，弯弯地连接着湖岸和湖心岛。在夕阳的映衬下，它与岛上的亭子、岸边的柳树以及捧书而读的学生，一起凝成一幅小照，幽雅而韵味深长。后来，我偶然到苏州的拙政园，见到了比校园里更精致的小桥。曲径回廊，由一弯弯小桥穿织，就像一个个字被妙手排整，便成了一首婉约清丽的词，上阙挂在树梢，下阙铺在水面。走在桥上，读着这首词，自己仿佛就是古时女子，摇着小扇，裙裾飘飘，轻轻拂过。小桥不长，却很细巧端丽，与亭与树与石与墙相和谐，融洽而自然。我想：李煜所言的雕栏玉砌应该说的是这些小桥吧，难怪他会“梦里不知身是客”，羁绊异乡还萦怀不散，要一晌贪欢呢！这小桥实在是浓缩了美的情愫，积聚着哲的思索。

桥被车辙履印踏过，也被美好传说雕砌过；桥跨在水上，亦横在梦中。这就使桥不仅仅是一处建筑，也是文学中的一种意象，伫立在诗词文赋间，承载着丰富多彩的情感。

许多爱情故事也发生在桥上，桥成为爱情场景，演绎着浪漫，烘托出经典。白娘子和许仙在断桥一见钟情，烟茫茫，水渺渺，注定了一世的悲喜姻缘；崔莺莺和张生于灞桥依依话别，碧云天，黄叶地，缠绵出了一段旷古恋情。有一出戏叫《兰桥会》，说的是一对相爱男女因其家庭的反对，偷偷定好私奔，他们约定在兰桥相会，男的便在夜里来到兰桥等待情人，女的因家里的阻碍迟迟未到，男的就一直等呵等呵，结果山洪突发、河水暴涨，水漫兰桥，男的被水冲走，待女的赶到，桥无踪，人无影，女的悲痛难当，纵身跃进狂涛。无独有偶，美国有一部电影《魂断蓝桥》，叙述的也是一个爱情悲剧。还有《廊桥遗梦》，同样翻版了凄美的爱情。

桥就这样载着爱情凌波在文学的时流上，俯瞰着尘世的人来人往。

清旷的山间，几丛枯树，数点寒鸦，二三人家，一座小桥立在溪上，水自淙淙，桥上的人风满袖襟，怅望秋天。“小桥流水人家”的画面夹在书页里，挂在寻常人家的墙上，因为这种意境淡远平和，很符合中国人推崇的儒释道精髓，而“独立小桥风满袖”的超逸也融进了文人士子的几分清高与洁身自好，于是为更多的人所欣赏，流传至今。

桥，或是木制，或是石制，或是钢制，古时还只能架在水上，如今也可架在繁华的街上，成为现代都市的独特风景。它连接起两点，缩短了时间和距离。桥越建越好，桥的功能也越来越多，但桥上的车来人往、桥下的喧声闹语早已冲淡了古典情致，即使站在桥上还可风入宽袖，钻进的却不再是遗世而独立的风姿，只是一襟灰尘罢了。

风淡了，小桥断了，还会看见迎风而立的人吗？

小楼昨夜又东风

风乍起，翻动着地上的黄叶。暮色渐浓，一层层围住小楼。昏黄的光影下，有人发随衫拂，凭栏伫望，将深深的目光凝进沉郁的黄昏中。这是一幅写意，也是一页白描，流荡出古人丝丝缕缕的情韵。而一切皆缘于古人一叶惊秋的敏感，还有一花伤情的风雅，于是唐诗宋词里才会笙寒笛彻、云舞蝶飞。

楼就是为了文人骚客发此幽情，才恒久地立在古典的文字中。它不仅是给了文人依凭之所，也让后人循阶而上，捡拾起他们遗落的心绪。

古时的楼一般建在高处，雕栏画栋，飞檐翘角，四围面山临水，风光入眼底。古人登高楼以送目，烟波浩淼，斜阳相照，孤帆雁鸣，伊人何处？此时此景，怎不兴怀？而高楼之上，正是古人寄情之所。风拂面，雨湿颊，春愁暗生，别意初成，或独倚，或凭栏，或无言，或梦断。所有的举止和情态发乎自然、合于情理，楼和人就这样融为一体。

古时的楼设计精巧、建筑工细，透射着古人的聪慧。远望近观，都是一阕词，亦婉约，亦豪放。许多诗文因楼而生，楼又因文而名，彼此呼应，绵长而幽远。范仲淹的《岳阳楼记》就是对洞庭湖边的岳阳楼的描述。他运笔自如，文字绚丽，分别将岳阳楼在霪雨霏霏和春和景明之时的风光点染得生动而多姿，最后笔锋一折，道出了“先天下之忧而忧，后天下之乐而乐”的千古名言。这篇文章让岳阳楼天下闻名，至今仍是一大游览名胜。楼托起范仲淹登高临远、俯仰苍茫；范仲淹亦将一襟心事注入文字，楼朽而文永传。

李白登上黄鹤楼临风远眺，江流滚滚，帆影点点，心生感慨，欲即兴赋诗。笔未落，却见廊柱上有一首诗：“昔人已乘黄鹤去，此地空余黄鹤楼。黄鹤一去不复返，白云千载空悠悠。晴川历历汉阳树，芳草萋萋鹦鹉洲。日暮乡关何处是，烟波江上使人愁。”李白凝睇，定睛细看，作者是崔颢。李白遂敛手，将笔掷于地上，长叹一声：“眼前有景道不得，崔颢题诗在上头。”而崔颢的这首《黄鹤楼》因其气概苍茫、涵蕴深远不仅成为唐人七律之首，也使黄鹤楼名声大噪、往者如织。楼与人如此相映成趣，成就了不知多少佳话。

暝色入高楼，有人楼上愁。古时女子思夫愁肠百转时，便会独倚楼头，凭阑念远。泪眼朦胧，怅清风，何时才见征棹归来？问秋水，几月才能与伊人携手？直栏横槛已被怨妇摩挲得光滑可鉴，而她们的等待都会有结果吗？

无言独上西楼，李煜的寂寞和愁苦非是亲历不能体会。羁囚他乡，曾经的繁华已似一江春水东流，雕栏玉砌应犹在，美人如花隔云端。昨夜风起，树声飒飒，又疑小楼绣帷低垂，红烛高照，香泽弥漫，美人曲中舞袖。睁眼看时，月挂树梢，人杳歌歇，哪里觅美人踪影？亡国之痛，失家之耻，在李煜的心中搅动着，他不禁潸然泪下：独自莫凭栏。

把栏杆拍遍，辛弃疾登临北望，祖国的半壁河山尚为金统治，江天寥阔，中原何时收复？而英雄迟暮，壮志难遂，无人领会，最终也只能是唤取红巾翠袖，揩干失意之泪了。

小楼之上，各人心绪不同，情感迥异，直把楼当做宣泄之所、挥洒感情的舞台。

烟花三月，李白在黄鹤楼目送着孟浩然一片孤帆下扬州；吴江夜雨，王昌龄于芙蓉楼饯别辛渐，冰心如在玉壶。楼因其承载着传奇佳话而愈显生动，愈具人情味。而古人何以在愁苦郁闷时总是倚楼凭栏？

古时的文人士子悬梁刺股、秉烛夜读，只为高榜得中，日后治国兴邦，成就一番大业。而当他们经纶满腹、怀揣壮志走向社会时，却处处碰壁，神色中已露尴尬和无奈。世事苍茫，满城风雨，到哪儿才能得到慰藉，才能长嘘一口气呢？于是，小楼便成了他们的庇身休憩之所。也许居小楼便可远离尘嚣，内心寻到一分平静和安宁。毕竟凭栏处，闲看楼外花开花落、燕飞燕来，把自己化在微风细雨中，才会真正地感觉到自然的生机无限和人生的苍凉脆弱，也才会为自己找一个借口，打发寥落的岁月。

古时文人就这样由入世到出世，达则兼济天下，穷则独善其身，浮沉宦海无果，便退归到山林，坚守住自己心灵的一块寸土，留得个隐士之名，也是他们生命里的最后一次辉煌。

魏晋时隐逸成风，陶渊明归去来兮，东篱采菊，南山耕亩，为隐逸者第一人。阮籍、刘伶等人常在竹林里饮诗纵酒，被称为“竹林七贤”。后各代均有效仿者，隐逸成为文人的一种风雅。实际上，这也是一种消极避世之举。书生无用，历来如此，只因他们太过单纯，以为几页书纸、一副唇舌便可安邦定国。岂料世事险恶，有书无剑又怎纵横天下？一旦遭祸，轻者被贬，重者丢命，而他们也只能是隐于林泉，依靠着山水度尽余生。那么，还能奢求他们什么呢？一方弱冠尚能挡几番风雨，却不能敌世间雷霆。躲进小楼成一统，管它春夏与秋冬，文人对小楼的钟爱便不觉费解了。

从小楼可以透视古人的情怀和命运，可以体会文人的浪漫与雅致，小楼因此具有了文化内涵和文学价值。

载不动许多愁

夜，弦月如舟，泊在空中。星子如客，伛偻登船。小舟一篙荡开，愈飘愈远，渐至渺茫。天边泛白，豁然亮了。

小舟就是这样悠然地翘起两端，翩翩地渡梦而来，再装进无数的想象与猜度，扬帆于漫漫时流中，舟边激起细细涟漪和小小浪花便成了生活的点点意趣。

放舟清流，临风踏水，在悠扬的航行中荡漾起如水的情致，行舟之乐，亦在于此。晋朝的王徽之，是大书法家王羲之的儿子，也是一位风雅的名士。一个冬日的夜晚，雪铺白一地，淡月从树间筛下疏朗的光，落在地上，莹莹地反射在淙淙的剡溪上。王徽之便乘一小舟，从山阴的家里出发，直直地顺溪而下，只为兴之所至，欲寻好友戴安道，围住一个红泥火炉，杯盏中倒入自酿的家酒，慢慢对酌。寒风夹送雪花，贴在他的颊上，有一丝丝清凉，小舟也在风送下将至目的地，而王徽之却转变了主意，吩咐船家掉头返回。船家不解，问其因由，言曰：“乘兴而来，兴尽而返。”驾舟迤逦而去，暮色中传来船橹击水之声。也许王徽之就是想体验雪夜渡舟的感觉吧？如此，便不觉唐突和疑惑了。

舟，就是船，渡人载货，缩短着两点的距离，它摇曳在水面上，泛波于文字中。李白驾轻舟一日掠过万重山，苏轼月夜泛舟游于赤壁之下，李清照荡舟误入藕花深处，张继泊舟枫桥聆听寒山寺的钟声，张岱移舟至湖心亭看雪，小舟载着文人的风雅，一点点由远及近，从古驶到今。于是，我们才能依稀看到他们的容颜，听到他们的轻吟。

舟，不仅仅是一种交通工具，也是文人士子发乎幽情的一种载体。一叶扁舟，就是一段文字，一章史话，一部传奇。

同是行船，文人之间的感触不同，文人自己在各段时期的心态也大有迥异，于此又能分别出各人的性情和气质。李白升起一片孤帆，航行在楚江之上，夹江对峙的天门山迎面而来，让诗人目接神驰、新鲜而喜悦，水湍舟疾，愈衬出诗人寄意山水、笑傲林泉的不俗；苏轼与子乘舟夜访石钟山，只为觅得石钟山名称的来源，船近绝壁，发现石之铿然有声之因，于是朗然而笑，细辨究竟，足见其旷达与豪迈；张岱在天与云与山与水上下一白之时，拥衣怀炉，驾小舟往湖中小岛看雪，偶遇两人在亭中煮酒，惊异之外又与其痛饮大白，不仅见张岱沧海一栗的孤独和自我陶醉的孤傲，又显其酒逢知己的快意。小舟就这样载着多愁善感的文人行在水上，漂在生命的河流上，渡向遥远、遥远……

李清照酷爱划船，少女时，荡舟湖上，流连于水光山色之间，不知不觉中，天色已晚，游兴尽便掉棹折返，途中因湖上雾起而迷路，小舟撞进荷花丛里，惊起沙滩上正在眠宿的鸥鹭；嫁作人妇，她也仍怀女儿心，轻解罗裳，独上兰舟，木桨拨动清波，缓缓，潺潺，欲将思夫愁绪都付予一脉流水；及至老年，经历了半生坎坷，始觉物是人非事事已休，回首从前，还未开口，泪已先流，再听人说起双溪春意正浓，也打算去泛舟，却又顾虑船身太轻，已经载不动自己这一世的悲愁了。

李清照驾着小船，从生命的源头驶来，一路美景看过，一船风月载过，初时的春心萌动、情意缱绻到暮年的愁结百转、心灰意冷，一叶轻舟渐进渐沉，终至停泊在寂寞的渡口，这与她一生的遭际是分不开的。她也曾有过一段美好的情感，和赵明诚的结合是她行程中最美妙的景致，也将她装点得风情万种。他们曾在青州归来堂校勘签题金石书画，工余饭罢，他们还赌书泼茶、顶笠披蓑、循城赏梅、踏雪寻诗，可谓琴瑟和谐。这时的她温柔缠绵，一副小女人情肠。后赵明诚病故，她仓皇逃避兵乱，足迹遍江浙皖赣一带，孤身飘泊，晚景凄凉，又添之以亡国哀思，此时，她闻笛怀人，见梅思春，至黄昏，梧桐更兼细雨，声声慢诉，怎一个愁字了得！个人的苍凉之感，故国的黍离之悲，她的那叶轻舟确实是载不动了。

古人情怀似水，要比今人脆弱而敏感。李煜多愁，自谓“恰似一江春水向东流”；秦观多愁，亦云“便做春江都是泪，流不尽许多愁”，虽说夸张，却也极其形象，愁已经物化，变为可以放在江中随水泛流的一种东西了。而在李清照之处，又将愁赋予了重量，不但可流，亦可用船来载，足见古人想象之离奇、情感之丰富了。

很钦佩古人的意绪，愁情化水，悲意凝风，将如许心事都寄予诗词文字之中，蕴藉而隽永，婉转又深郁，是今天许多露骨煽情之作所不能比拟的。而这些诗情词韵将随时间之舟一路漂去，将山染绿，将水漂蓝，将云饰白，一年年，一季季……

舟渡人，亦载愁，文人就是这样开发了船的功能，让船载着美丽向期望靠近。

是夜，月又悬在天穹，遥遥望去，似有人月上击桨，是不是李清照已卸下了她的一怀愁绪，泛舟于银河，去寻找她一生的知心爱人了呢？

醉也无人管

一滩河岸，一天余晖。夕阳下的草茎、花瓣、苇叶上都滚动着一层猩红。河水卷着红绸，欲裹住清瘦的岸。却在岸的挣扎下渐退渐进，喃喃地说着絮絮情话。岸上有人，身后跟着一匹老马，手中犹擎一酒壶，兀自踉跄地自言自语：花无人戴，酒无人劝，醉也无人管。

这番酒话初听起来有些醉意绵绵，透着寥落，流着憔悴，浸着无奈，可我却觉得深藏三昧，泛着丝缕的清醒。尘俗的烦嚣扰人心怀，只有寻到一山一溪一桥这样清雅之所，持酒一杯，长啸一声，才会脱却心上负累，无人约束，无事牵绊，风中快哉，雨里悠然，虽有辛酸，却挥散在酒的醇味中，弥漫在天地之间，这又何尝不是一种心灵的舞蹈呢？

酒，是液体，也是载体。不仅因为它融涵了酒精，也是因为它渗入了感情。少年壮志，曾经对酒当歌；送别挚友，为君持酒向斜阳；思家念远，酒入愁肠，化作相思泪；宦海沉浮，忍把浮名，换了浅斟低唱；落寞孤寂，便可见衣上酒痕诗里字；得意洒脱，更是峨冠一抛，把酒祝东风。酒在这里，就是倚在身边的佳人，解心上忧，销万古愁，说不尽的风情，揽不完的温柔。

酒如果比作女人，实在是妖娆百态、绰约千姿。白酒、红酒、米酒、清酒、白兰地、伏特加……每一种都散着妩媚、溢着情韵：白酒豪放，红酒婉约，米酒香甜，清酒绵长；白酒宜放在白洁的瓷盅里，红酒宜斟入透明的高脚玻璃杯内，米酒宜倾进翠绿的竹筒中。品尝各色酒等，就像欣赏着装不同、性格各异的女人，缭乱眼目，还会生出不同的感受。

酒落在杯中，把玩在人的手上，幻化出不同的性格：女人常常翘起小指，轻拈起酒杯，优雅地抿着樱唇，徐缓地将它弯成一个弧度，慢慢滴入口中；男人习惯于握住杯子，一仰首，倾到嘴里，然后再重重地将它置于桌上。女人沾酒似乎多与爱情有关，失恋时，就抱住一瓶酒，一杯复一杯，将爱情和酒精一起埋入心底，鼻息唇齿间泛出的是绝望和心酸的味道。男人喝酒好像和一切都有关，朋友聚首，工作应酬，事业不顺，情感波折，这些都能让男人端起酒杯，把自己的情绪流进杯中，或独酌，或对饮，觥筹交错里迸出快乐、烦恼和忧郁。这样看来，男人更适合与酒为伴，推杯行令，呼儿将出换美酒，愈衬出男人的豪气和爽意。

所以，很多人恭维茶而贬抑酒，认为茶是谦谦君子、酒是山野村夫，恰如阳春白雪和下里巴人之分。我却觉得未必如此。喝茶，亦称品茗，坐在绿意幽幽的茶室，身边流淌着宛转沉郁的古琴声，案几上的紫砂壶里缭升着一丝一缕的热气，笼在这样的氛围中，不能高语，不能朗笑，就像不能轻触指上水晶，稍不注意，就会跌碎那份美丽和雅致。而喝酒，可以在华丽的酒店，也可以在寻常铺肆，甚或是路边排档；可以西装革履，也可以布衣素衫；可以文质彬彬，礼尚往来，还可以挽起衣袖，敞开衣襟，大汗淋漓地划拳、行酒令。端的就喝得恣意随性、不拘一格，把这世界舞弄得有声有色、翻天覆地，而人的真性情也在这杯盏中得到了最好的诠释。如洒脱飞扬的李白斗酒即成诗百篇，喝得酣畅时，天子召见都不屑一顾，仰天大笑出门去，疏狂得可以。当然，他恃才傲物是因为有盖世才华作铺垫。他带着蜀地的浪漫和豪情，任意地遨游于天地之间。贺知章在长安初遇李白，诵其《蜀道难》，竟呼为“谪仙人”，解下身上的佩饰金龟换酒为乐。唐玄宗也降辇步迎，御手调羹以招待他。杜甫在赴长安应试的途中与离开长安东下漫游的李白相遇，竟然放弃考试，跟随他漫游了许多地方，别后杜甫念念不忘，写了许多诗怀念他，称赞他“笔落惊风雨，诗成泣鬼神”，还有一个叫魏万的人，为了一睹李白的风采，从嵩宋出发，追踪李白几千里，终于在广陵见面。李白饮酒不是避世，不是佯狂，是真性情，端现的正是中国文人的风骨和气质，耐得起时光的洗磨和山水相看两不厌的琢磨。

我不会喝酒，但我喜欢看喝酒人的各种形态，从中便可以窥见各人的品性，无意中也丰富了自己的阅历。识人，才能交人。每每看到喝酒总也不醉的人，觉得他太过理智，少了一份自然和温情，可敬但不可爱；每每看到一喝即醉的人，又觉得他缺少风度和优雅，把持不住自己的心性，可怜又可哀。还是愿意看电影中的欧洲男子，酒会上气度超然、彬彬有礼，酒吧里放浪形骸、轻松随意，回至家中，或坐或卧，或醒或醉，一切都不失绅士风度，一切又溢发着人性的真趣，男性的魅力便随着淡淡的酒气散出，沉醉了女人心……

壶中日月长，醉里乾坤大。古人正是参破了禅机，才有了今天看来不可思议的举动：披发行吟，把酒问青天；酒醉以手推松，且去；夕阳岸边，醉也无人管，天地皆听我喝。许是因为古人濡染了自然的灵性，所以这一切才发乎自然、契于人性，流露着真、朴、拙，却又是可爱亦可亲的，足以让后人感受到鲜活的生命和生动的历史。

如今，茶依然飘散着古韵旧情，酒也仍旧挥荡着英风侠气，茶和酒彼此对视，彼此欣赏，就像男人看女人、女人看男人，茶的气息和酒的味道融在了一处，再也分辨不出彼此了。

天色渐晚，花、草、叶都隐在黑色之中，还能看到河岸边那牵马自语的人吗？

千古一沾襟

时间挂在衣襟上，风起时，荡起一水苍茫。

千古，亦是历史。它凝重而旷远，悠悠随风而至，沾在邈渺空间、一袭衣衫上。于是，历史凝成一瞬，深刻化为简约。所有昨天的记忆如树隙间筛下的阳光，碎成斑驳的故事，坠在白须老人的蒲扇上，掌上起伏，就摇落一声声喟叹；印在泛黄发皱的古书中，手指轻拈，便翻出一页页的凄凉和幽怨……

历史，甫一触目，就是那些宏阔的场景：旌旗漫卷，战马嘶鸣，枪戟林立，英雄纵横。人和刀剑将昨天那一方天空搅扰得云卷云舒，将过往的那一域海水翻滚得波起浪涌。历史记住了悲壮，铭刻了血腥。因为它从来都是在兵戈相向、朝代更迭中推进的，战乱、逃难、生离、死别，几乎像是一匹征战过沙场的老马，拖着历史蹒跚远去，从鬃毛间滴下的汗珠颓然地洒在飞扬的尘土中，而后代也就从古代飘游来的那一缕缕气息里，嗅出了沧桑、凝重、疲惫和无奈。

可是昨天的树也是向着蓝天张着绿冠，水也是潺湲着流过青草地，花也是披着绚烂的衣裳炫示美丽，而怎么一瞬间这一切就苍白成一页页纸、凝缩为一个个字了呢？曾经的风浪渐渐平静成纸上风云、字里风波甚至口中传奇。昨天是模糊的，历史是苍茫的；昨天何处去寻？历史怎样把握？

小时候，夏天的夜悠长而深邃，父亲摇着蒲扇，说着《三国演义》、《西游记》、《水浒》里的故事。我躺在炕上，轻风如水漫过我的身体，湮没我的意识，持枪的英雄、取经的师徒、梁山的好汉就牵着马、踩着云飘进我的梦中。于是，孙悟空擎着金箍棒在水帘洞和持板斧的李逵酣战，张飞、关羽奔上梁山欲与林冲决一高下。历史混沌一片，昨天更是分辨不清。

中学时开始上历史课，中国历史，世界历史，大事年表，名词解释，在老师抑扬顿挫的声音讲解下，我端着课本，书上的铅字就像一尾尾鱼，游进我的心里，历史也就汪洋成一面湖，我在湖边徜徉，偶尔会拾起一枚枚贝壳，阳光下闪着烁烁的光。在我看来，贝壳是历史的断片，我的记忆是一根透明的绳儿，串连起来，就怀抱了昨天。

后来，有了电视，历史又铺展在方寸荧屏上。一柄长剑，一袭衣衫，一天星斗，一窗冷雨，英雄传奇，爱情绝唱，就这样让昨天鲜活地回到了今天。古人沽酒的酒肆飘着怎样的旗幡，碧莹的玉珮系在衣上何处，手上的折扇如何开合风流，腰间长剑怎样舞动英姿，我从这方荧屏窥探到细里究竟。

今天，就连10岁的孩子也知道“桃园三结义”、“赤壁之战”、“三国鼎立”等历史故事，那都是在卡通片、电脑游戏、漫画里见识的。历史在他们的眼中是神奇和虚幻的，古人是带着光和影穿梭在时间隧道里的侠客，可以掌劈华山，可以剑挑长江，可以纵云踏雾，可以降龙伏虎。于是，按着鼠标，就能和古人拔寨闯关；翻动书页，也能和昨天摩肩接踵。历史像圣诞老人，飘着髯髯长须，雪中驾着马车，将一份份礼物放在熟睡孩子们的床边，第二天清晨，映着黎明，孩子们拆出了惊喜和欢呼。

历史是不变的，孩子的历史和我的历史却是不一样的，而我的历史又和古人的历史是大不相同的。古人的历史是一声慨叹，是一腔幽怨，是一抹流云，更是擦不去的一襟浊泪；我的历史是一个梦境，是一课作业，是一幕戏剧，也是印在心里的一段怀念；孩子的历史是一匹骏马，是一件暗器，是一本秘笈，还是漫无边际的一种想象。苍白的历史由于不同人的发挥，变得色彩浓郁、活力四射，丰满和充盈起来……

历史是善变的。已成为历史的昨天和将成为历史的今天，人物是不相同的，故事也是不相同的。昨天的英雄纵马驰骋、啸傲江湖，今天的英雄脚踏实地、勤勉为公；昨天的爱情悲戚悱恻，今天的爱情浪漫缠绵；昨天的女人羞怯婉约，今天的女人热情爽朗；昨天的风景清雅端丽，今天的风景繁复喧嚣。历史在变化中走向了永恒……

帆来帆去，潮生潮落，昨天已成为历史，今天也将会成为历史。时间总是挟裹着一些东西远去，也怀抱着一些东西而来。渺远的历史在寥阔的时间里就是一粒灰尘，沾在衣襟上。我可以轻轻掸去，看着它在风中飘远；我还可以慢慢提起，嗅着它的气息，醉在记忆的陈香里。我知道：只要心无负累，才是轻松和快乐的，对待历史，拿得起，放得下，真实，坦然，那缕希望的阳光就会温暖我心。

所以，襟上坠着的不只是灰尘和眼泪，还是千古，还是历史。

无语看波澜

世上有些事是说不破的，莫若临水泽，静观一水波澜。

最好是在烟雾飘渺的湖边，一叶孤舟荡在天水一线处，望去，隐隐地只是一个点。而你只是一个人，就那么将目光送远，一怀心事系在帆头，寻着云后的太阳，飘去，飘去……

这一帧画面存在了中国水墨画中，曾经淋漓饱满的墨迹在岁月的风尘里变浅变淡，一如那江上烟波，聚又复散。而简单的点线，勾缀在一方宣纸上，仿佛笼住了无限禅意，在虚静空寥中漫出了古代士子的心境。

泛黄的画页上流水依然、小桥仍在，孤舟，蓑衣，斗笠，还有你，默默地守着一纸沧桑，也守住了一份执著和坚忍。于是，水就是一种意象，润湿了汉字，浸透了语法，波动在文字中，诠释了士子的精神。拈起“清、淡、泊、潇、洒、波、浪、渺、沙”一枚枚字，哪一个不沾水痕？哪一个不携凉意？又有哪一个没有溢出文人雅致和士子风情？

山是静的，水是动的。水似佳人，轻挥衣袖就会撩起你心底的涟漪；水如壮士，拔剑清啸也会激响你腑内的涛声。所以意兴遄飞时，你在水边，揽起水的腰身，偎在水的耳畔，吟着清丽的诗；怅然若失时，你亦在水侧，相对无语，水的影化作眸子里一滴泪，映出心底的悲哀。水是你的情人，你就这样和他或她缠绵，性情中多了一份宛转，多了一份清越。在水一方，隔着一片芦苇丛，犹见你飘飞的衣袂；大江东去，浪卷白云，一叶帆载着你向天涯。

水波可以不兴，而风生便会水起。水是自然的精灵，在天地间散着魅惑，勾引着你沉在她的湿润清凉里。她回眸一笑，纤腰一摇，就是西湖；她坦开襟怀，放步行吟，就是长江；她浊浪排空，奔腾而下，就是黄河。水娇嗔，水撒泼，水放荡，水的一肌一容、千姿百态给你想象，给你生命的理由，给你阅尽沧桑的寥廓心境……

你因此常立在水边，无语看波澜。也许波荡于胸，世事不平如水下沙砾硌磨着心底的脆弱，纵是汪洋也难湮没那一怀的愤懑和委屈，你眼里淌下的泪是一行行湿漉漉的语言，说着伤悲，讲着愁苦，而水应着你的心律，漫向岸边，拍打着石头，一潮潮浪涛也像是一句句话语，抚慰着你，劝解着你，你在聆听中感受到沧海一粟的无奈，也顿悟了海纳百川的宏阔。

中国文人和水糅在一起，气质中就有了水的透澈和清逸，涤尽了尘俗的凡庸和琐屑。羽扇纶巾，别样风致；画眉深浅，另种妩媚。水的浸润，让文人的心灵变得鲜活生动，一颦一笑，抬手拾足，都有了一种优雅和不俗。水漾在诗词文赋间，波动着光影，也泛着灵气，如镜水面，天光云影共徘徊，文人的性情和心机就这样浸入水中，润出无限遐思。

你徜徉水边，钓一江寒雪，饮一怀清风，孤独地享受着寂寞。此时，你与风语，你和水聊，你的愁苦得到了水的应和。你躲开人群，就是因为那里没有你需要的理解，惟有在此，情绪得到了释放，郁闷得到了缓解。你默然无语，心的流和水的流一起涌动，无言的空间如江似海，阔远而渺邈，你廓清了尘嚣，心内一片静穆，还有什么能扰起你心中的风波呢？

苏舜钦《水调歌头·沧浪亭》写道："潇洒太湖岸，淡伫洞庭山。鱼龙隐处，烟雾深锁渺弥间。方念陶朱张翰，忽有扁舟急桨，撇浪载鲈还。落日暴风雨，归路绕汀湾。丈夫志，当景盛。耻疏闲。壮年何事憔悴，华发改朱颜？拟借寒潭垂钓，又恐鸥鸟相猜，不肯傍青纶。刺棹穿芦荻，无语看波澜。"无语，是孤独的一种姿态，是文人的一种气质。孤独是午夜时分玻璃的訇然破碎，那尖锐和反射的光直耀人眼直逼人心，于是只能沉溺。孤独是一种卑微的姿态，却饰以一个高贵的外壳，在他人的眼中也成了一种骄傲和冷漠。其实，它不过是放逐自己，任由身心游离于尘世之外隔绝在人群后。有时，孤独更像一种自虐，对自己的惩罚，对俗世的厌恶，无奈，无力，只有退到喧嚣繁华外，独自享受那一份痛苦。若敏感的文人，总是怀一份尘世外的浪漫，现实中碰了壁，归隐到内心深处，孤寂得彻骨透心。也许享受孤独的人都是智者，在那空寞里保持沉静和思考，是智慧到极处的一种升华。那一刻，辟开红蒙，悟净红尘，一切皆渺，一切随缘。

水是生命的依伴，水也是一生的归宿。屈子怀沙，老舍投湖，当身体最后和水融为一体，所有的梦都幻成水上的一抹虹，理想沉入水底，而人格却终于得到了净化和升华。尽管这种完成是痛苦而惨淡的，但仍然凄美又悲壮。似一道流星在黑夜里划出的弧线，如一叶红枫从枝头飘落的轨迹，以一种牺牲和一种自绝来固守精神圣殿，是中国文人不随时流的姿态，也是中国文人不取人辱的品格。而它需要的是一种勇气，也需要的是对自己理想追求的一种执著。

水兴波澜，对此，你可以长啸，亦可以无语；长啸见英雄气概，无语更显智慧的从容。一种深沉凝固于胸，也许只有沉默才是最优雅最成熟的表达。面对水，絮语和聒噪是多余的，万言不值一杯水，任水波荡于心间，你会吸收到水中涵蕴的许多哲理，那时的你会变得丰富而又激情洋溢。

无语，看一水波澜，恰若拈花微笑，阅尽沧桑，揽住风流，握满蕴藉，参破禅机……

彼岸花

雨，从昨天下到今晨，还淅沥着坠落着。

诗意的雨，让我想到了这个词牌：雨霖铃。有形，有声，还有感，绝妙好词。

有雨的日子，有忧郁，也有寂寞，更有无奈。适合伤感和敏感的人在这时牵扯出回忆，关乎爱情，关乎生命，关乎那些琐碎的细节……也许只有阳光才能烘暖这些痛和伤，而在这湿润的空间和寥落的时间里，只有清冷和孤寂。

雨天，最适文人的自我抚摸和自我欣赏。躲在小屋里，没有了外界的打扰，翻出所爱的人所记的景，一一铺在床上，用细腻的文字来熨平。珍藏在此时的这一段时光，在另一个雨天，又会想起，再度铭记。

雨，和雪一样，容易和爱情糅在一起，因此更有声色，更有文学特质，更适合在纸上表达，在心里凝眸。雨霖铃，雨打芭蕉，雨中曲，都是一阕阕词、一首首歌，在女人的心中徜徉，滴在她苍翠的岁月里。

这样的天气，还容易让人想起渡口和彼岸花。

虽然这里没有可以出发的河流，没有小船，没有要远行的人，可是那一种诗境却是缆绳，系住了寂寞女人的心。芦苇深处，一舟，一楫，一水，苍茫得让人心碎，孤独从江心泛起，一点点渗进了肌肤，融入了血里。生命中原是有太多的无奈和伤感，是需要配合情景渲染的，是谓诗情画意。

此水，彼岸，左右，浸着方向，也润着徘徊，是一种寻不到出处的迷茫和怅然。安妮宝贝的书中总是这样的唯美和忧伤，行走着，也思想着。几米的《向左走，向右走》也是不知所以地走失，在城市的街口，无助，又无奈。

所以，彼岸才是希望，那朵花是一生的宿命，手伸不到的地方，却是心渴望去的地方。

尘埃里的花可以繁丽，可以寂寞，可以清淡，有着各色风情和姿态。彼岸的花不是尘埃里的花，是天堂中的花，绝色，微渺，遥远。

有微妙婉转心思的女人也应该是孤傲的、清美的。

平实的生活里，有饭，有蔬，有烟，有火，就可以满足口腹之欲，就可以平静地走过岁月。可是，心灵的抚慰是需要自然的景色来酬和，那样才能将物质凝为精神，化作心口上的一颗痣，鲜红地提醒着尘封的记忆。

无人的野渡，一只船兀自悠来荡去，像漂浮不定的心。何所似，何所倚，前路渺，谁人可解其缆，放舟于寥阔江湖，自在天地徜徉，寻一个方向。彼岸花，雾里绚着繁丽，诱惑着凄迷的心，想象着远方的艳遇，是雨天的一个安慰，也是阴郁心情的一个希望。

有时，天气决定心情，阴天里总会有一份忧郁，缠绕着，搅扰着，干预着生活。

有阳光时，这一怀愁绪也会蒸发。无人的小船也会有人解缆，放舟。

寂寞不是雨雪携来的，而是由心溢出的，比孤独透彻，比忧郁寒冷，是女人的情意缱绻，在那一个雨夜，慢慢地，从外流到内，从内漫到外。

简单的寂寞

深秋，暮色渐近。一室的寂然，窗外的景色依稀，辨不清，分不明。这时，偎进沙发，淡饮着白开水，恍然觉得心情也如手中的杯子，慢慢吸空，慢慢透明。一股寂寞悄然袭来，深入肌理，遍布了五脏六腑。浓重的夜色仿佛滴滴清水，渗透到心底，隐隐约约，凄凄凉凉，而整个人对未知的人生便虚应以待。这一时的感觉让我说不清理由。自己本不是多愁善感之人，何以无端竟惹闲愁？也许缘于叶落凋心，也许缘于秋深伤情，我恍惚起来，但却被别样的空寂与静默深深熏醉了。心儿自由游弋，飘于云间，栖于树梢，流连成如风的记忆。这记忆自远天而来，朦胧，跳跃，将自己曾经经历的过去一一过滤，若隐若现，然后悄然缓去，了无踪影。

这段寂寞的感觉虽有些落寞，但深蕴的内容实在让心怦然。再三斟酌，难免与身外的景色有关。那样的秋景，那样的暮色，那样的灯光，怎会不生出寂寥清寞的心情？风花雪月，梅兰竹菊，常会拨弄痴心多情人的心绪，或喜或悲，或笑或泣，历遍人生种种感受，演绎生活段段剧情。“感时花溅泪，恨别鸟惊心”，让心情的起落与身外的景物相吻合、相映衬，使情感描摹得更圆润天成，景物点写得更生动艺术。而如果没有大千世界变幻无穷景色，又怎会渲染出林林总总的心情？或者没有人的多姿多采的心情来涂抹这些景色，自然景色亦会变得苍白、单调。心情，有时千里旷达，有时片刻郁结，如何形容它有多快乐多忧愁？但只要凝结在山水自然的风景中，就会慢慢领悟。“轻舟已过万重山”、“夜半钟声到客船”、“霜叶红于二月花”、“巴山夜雨涨秋池”，简单看是风景，细细体会，哪一句不是述说诗人的心情？心情原本无痕，但点点滴滴注入到风景中，便有了灿笑如花、惆怅似雾、泪飞像瀑、歌飘是风。如此，心情才照射得风光无限、绚烂缱绻。

北方的雪天，有时漫天漫地，苍穹皆白。早晨推门，白闪闪，晃得眼睛也睁不开，有时，细雪霏霏，轻轻地洒下一层，将树木、建筑勾勒出一个轮廓，恍若雕塑。著名的雾凇更让雪结晶成玉树琼枝，使人疑为身在天宫。这些景色让南方人钦羡不已，他们呵着通红的双手，裹着厚笨的羽绒衣，不远万里来到北方，看雪、听雪、读雪，那份痴情让北方人也竖指称奇。记得我小时候，就是不管天寒地冻，跑到室外，堆雪人，打雪仗，开心地笑，放肆地玩，追逐嬉戏，在自然中寻得了一份童心和无限乐趣。至今回想起来，自己的童年虽然缺少玩具，但却拥有了一个有声有色的童年。闲时把玩，品咂个中滋味，没有寒意袭来，却感暖流涌心。

走过不短的路程，虽不算阅尽沧桑，却也经历了不少人事。有时也有烦恼，也有郁闷，但想起那次雪中憬悟，我就会一片释然，心如澄雪。冬天的夜晚，突然下了一场雪。心血来潮，全身包裹，来到室外。雪已寂寂茫茫地落了一地。楼前楼后的灯光，黯淡昏黄的街灯，影影绰绰，晕染在飘飞的雪花上，迷离惝恍，很有一番韵味。从未在夜间这样看雪，此时的雪已非纯白，夜晚中，莹莹得已有些泛黄。街上行人寥寥，无人赏识这夜雪的美丽。我独立雪中，雪花拂过脸颊，冰清水凉。似有一股暗香沁人心头，我不觉一颤：雪在寥落的冬夜，兀自快乐地飞舞，用自己的心修饰这世界，不为人宠，不邀人怜，静静地、默默地，轻轻落下。而只消一夜工夫，明天，阳光初升的时候，已是一个清明洁白的世界了。那一刻，我顿悟：原来雪在寂寞中享受的是快乐，一种独自品味的快乐，不染尘俗，不事功利，纯洁、静谧……

雪让我体会到寂寞的另一种境界，放达、洒脱、不羁，消逝了惨淡悲戚，放飞了旷远心灵，是一种别样的升华。此境正应合了台湾诗人郑愁予的诗：“拥怀天地的人，有简单的寂寞。”这简单的寂寞是天地人的一种默契，也是淘洗心灵的一次体验。寻常时候，我们也许体味不到陈子昂“怆然悌下”的孤独、屈原“披发行吟”的寂寞，因为那种感觉是与其时代的忧患沧桑密不可分的。历史的沉重、心灵的苦闷，造就了他们刻骨铭心的深深寂寞，而诗人的气质、哲人的睿思又让他们沉浸其中，不能自拔，于是他们痛彻心腑，感极而悲者矣。这种寂寞沉实压抑，但确实是一种难能可贵的忧患意识，于古于今，都应该珍惜且发扬光大。但现代生活中，我们更多地是体会到一种简单的寂寞。这种寂寞，使我们能在纷扰喧嚣的社会里休憩心灵，沐浴品格。正如在跋涉的长旅中歇一下脚、润一下喉，然后重振衣尘，又踏征程。这不能不说是现代社会里完善自我、修身养性的一个绝好方式。

喜欢简单的气质和情境，所以连一个人的寂寞都冠以“简单”，清味十足，晕出的是缥缈的香氛，浅浅地绕在我们身旁。

人的胸襟和气度见出眼界的高远，穷目下才能体悟到“简单”的意韵。那是洒脱旷达，那是超尘逸世，那是仙人指路，做到如此地步的能有几人，苏轼和李白也算是看破凡尘之人了，功名之前心里未必不起波澜，但依然是落落风骨，移入了“简单”的精髓，衣袂生风，千古奇人，已足以让我仰望。所以，“简单”便是相对的，简单的心思，繁复的情意，掠过的日子里山青水秀、心地坦荡，有酒，有肴，有情，有意，有生，有死，一切顺乎自然，一切发乎内心，这也许就臻于“简单”的胜境了。

简单的日子简单过，简单的心情简单品，这是人间最美丽的时光、最华丽的味道了。几十年后，被收藏起来的简单味道就是一份财富。

这简单的味道化成颜色就是绿色。擎着这枝绿色，可以在一个阳光的午后，慵懒地将身子斜斜搭在一条躺椅上，拈起一杯绿茶，慢慢啜饮那迎面的微醺、及唇的细腻和入怀的温馨；也可以在冷雨敲窗的午夜，拧亮床几的小灯，携着雨声和暖光，走入寂寞和关怀中。

此时，有声，有色。

调的人，用心，用情；闻的人，亦会是一个知音。

天然之趣

天趣者，童心也。稚言妙语，憨态可掬，童心可鉴，透明，清洁，毫无机心和城府，却是最明媚的阳光，照射着这个世界和心灵。《皇帝的新衣》中那个孩子的一句话，揭开了虚伪，将丑陋曝于光下，反衬出成年人的可笑与可鄙，一语惊醒梦中人，其实他们并未在梦里，只为了取悦皇帝才伪饰自己的心灵。我们哀怜众生的同时，也不得不哀叹强权扭曲着人性。童时的纯真在岁月的磨砺下，污浊了，模糊了，见不出清澈和鲜灵，扯来“成熟”做遮羞布，其实底里不过是功利和庸俗。

文学家中不乏真纯挚趣之人，如沈从文的朴拙简单，汪曾祺的风雅闲适，巴金的平易真诚，丁聪的天真率性，都是缘于那一份天趣。俞平伯在《中年》里说：“人生变来变去，总不出这几个花头——男的爱女的，女的爱小的，小的爱糖。”想来想去，可不就是这样简单。简单之后，又有一番深刻。无论文学，无论艺术，能够成大家者皆是儿童，我指的是他们那一怀童贞之心、天然之趣，还有浅中见深、拙里寓奇、亦庄亦谐的作品。所谓“大智若愚”当是形容其丰姿和风骨吧？

那一份天趣呵，才是天才永恒的创作激情。毕加索的画形似涂鸦却荡着童趣，看似随意，其实天然，缘于他始终不肯长大、始终不肯一息消泯的童心。因此而成一派艺术巨匠，也就不足为奇了。

天真的灵魂让人怀想，徐志摩整日求人家许自己一个未来，张国荣灰心负气地问为何至此。然而天真的灵魂，往往也是软弱的，他们是不能与这冷硬生活摩擦至白头的。所以，怀天趣者，有时和功利的尘世是分隔的，难融其里，只能自己珍存心底，涂在纸墨间，由此我们才嗅到他们心灵的芳华。

《菜根谭》里说：“文章做到极处，无有他奇，只是恰好；人品做到极处，无有他异，只是本然。”闲笔一抹，就是一派意境，尽自己的想象去铺排风景。恰好，是不费一笔、不多一字的闲适和淡然；本然，是不刻意、不炫示的风流和风度。当得起“恰好”和“本然”四字的，虽不多见，却一定是笼清风一袖、携明月一轮之人。因为这四字已氤氲出儒家的悲悯、道家的飘逸和禅士的智慧。

“恰好”和“本然”说来轻松，其实需要深厚的功力和聪颖的悟性，在时间的打磨下自然溢发情性和主张。就像钱钟书的简朴人生，不张扬的为人之道，却在《围城》里淋漓尽致地点染出知识分子的形象，入木，入心，是大家风范，趋至“本然”之境。如厨间大师傅，刀功的分寸把握，火候的高低拿捏，是有说道的。差之一分一毫，可能菜的色香味就要打折扣，佳肴不成，反累了大师的名声。所以，一桌的美馔，是在大厨的“恰好”到位的火候和适意的翻炒下成就的。

有阅历的人生，有深邃的思想，有老到的文笔，有悠远的心境，才能将文章和人品做到极处，而这极处就是一番童心。论此，丰子恺不能错过。

子恺居士的《缘缘堂随笔集》，还有他的一幅幅小画，稚拙，憨趣，看似毫无机心，却是智慧蕴藉，是一种深藏不露的高明，是一份至情至性的纯洁，他的视角是诡谲的，他的笔法是灵动的，他的语言是风趣的，他的叙述是畅达的，他的墨线是简淡的，而这一切，皆是因为他的心是清澈的天真的。

谦和的丰子恺，儒雅的丰子恺，就是这样用字和墨，挑破红尘心机，却原来成人的圆滑、老练、权术、钩心，不过是一场转瞬成空的游戏，还不如孩童的无忌童言来得真实而确切。一言，一举，一行，无遮无拦，一笑嫣然后，片刻的沉默，悠长的咀嚼，渗进腑内的回味。

为文要有童心，做人更需有童心。时光淘下的，有青山，有绿水，有英名，有美文，还有一颗颗童心。读书就爱读清洁童稚的文字；爱人也爱真纯透明的人。儒雅的男人从来都是童心可掬稚态灿然，蔚成一怀慈悲，让人时时怀想和感念。

悲欣交集

“不俗即仙骨，多情乃佛心。”这样一幅对联字绵意远，衬悲悯意最为恰当。

不俗当指气质、修养、性情、禀赋等等，属于精神层面的超拔不群，有先天的遗传，有后天的熏染，后者当是主要因素。诗书的浸润，情感的氤氲，山水的雾蒸，都让人雅致得风姿绰约，笔下的字也生出妩媚之态、幽静之境、蕴藉之韵、豁然之风。一派仙风道骨，说是不食人间烟火，其实意在道出其文和其人脱尽尘俗的平庸与矫情，是放达的胸襟，是婉致的风范，绝不是不沾饭蔬的疯狂、不涉情色的呆傻。所以，这仙骨铮铮有声又溢满情性。

多情是说情是人心最美丽的花、最灿烂的笑，可以让悲苦愁怨化成一汪水，清清，凉凉，澈澈，稀释的是痛苦，浓缩的却是感动。与“不俗”对应，蔚成人间大观。佛心一片，怜飞蛾，惜蝼蚁，乐善好施，袈裟虽破，菩提在心，素衣薄衫掩不住的是一怀慈悲；一钵粥饭可救苍生，一只木鱼也可敲响混沌心灵。于是，这佛心便是多情。与滥情、伤情无关。

譬如弘一法师由一个浊世公子到留学生，再到艺术教育家，最后成为律宗高僧，早年才华横溢，在艺术等各方面都得到了充分的发展；后期一心向佛，在佛法上造诣颇深，可谓“绚烂之极、归于平淡”的典范。弥留之际，他还写了“悲欣交集”四字，一面欣庆自己的解脱，一面悲悯众生的苦恼。这四个字不仅是大师全部人生内涵的高度概括，也是芸芸众生最后的哀叹。

悲悯是一段宽广，是一截通透。是爱化成一股潜流，脉脉地游走在血管中。慈悲和怜悯本就在人心深处，红尘起时，遮住了它的光芒。悲悯有时就是一道清水，温润着伤痕；有时也是一层细纱，掩饰着痛苦。一怀佛心，一襟怜惜，柔软如纤手，透明若水晶，总有绵绵荡荡的情愫细密在她或他的心上，随水成尘，拂去一路的尘垢，留一宇澄明和清澈。悲悯处，有如《巴黎圣母院》的艾丝梅拉达和敲种人卡西摩多，美极和丑极之间，一同拥有的是人心的辉耀和灵魂的光亮。

只有经历过辛酸人生，才会刻意去弄懂人生的终极意义，才会理解悲悯的境界。曾写过《橘子红了》的台湾作家琦君有一篇散文叫《髻》，文中她写母亲年轻时，“一头青丝梳成了一个螺丝似的尖髻儿，高高在她后脑翘起，晚上就放下来挂在背后”。后来她的父亲又带回一位姨娘，“一头如云的柔发比母亲的还要乌黑、还要油亮”。在杭州居住的日子里，父亲坐在紫檀木榻床上，总爱偏过头来看姨娘盘油光闪亮的横爱司髻，并且还一直微笑着。而一见母亲梳的鲍鱼头，父亲就直皱眉头。小时的琦君在给母亲梳头时就已懂得，一把黄杨木梳再也理不清母亲心中的愁绪了。想起小时七月初七母亲洗头时脸上荡着的快乐，心中不禁一阵阵酸楚。渐渐地，母亲的头发稀疏了。又几年光景，母亲已白发如银。再后来，父亲去世，母亲和姨娘反而成了患难相依的伴侣，母亲早已不恨她了。去台湾以后，姨娘成了琦君惟一的亲人。想起在杭州时，她和母亲背对背梳头、彼此不交一语的仇视日子，转眼都成过去。孤零零时，仇人亦成亲人，原是孤独和时间化解了仇恨，爱怎样？愁又如何？相依的日子里慢慢地便生出了些许的温暖。爱和恨从来都不是相对的。

“花枝春满，天心月圆”，这是一个多么完美的境界，是深悟了爱也澈透了恨的结果。

红尘漫步，悲欣交集，倚着仙骨，涵着佛心，从此有了风姿和情致，才让灵魂高过云端。

花看半开

清代李密庵写过《半半歌》："看破浮生过半，半之受用无边，半中岁月尽悠闲，半里乾坤宽展。半郭半乡村舍，半山半水田园，半耕半读半经廛，半士半民姻眷。半雅半粗器具，半华半实庭轩。衾裳半素半轻鲜，肴馔半丰半俭。童仆半能半拙，妻儿半朴半贤。心情半佛半神仙，姓字半藏半显。一半还之天地，让将一半人间，半思后代与沧田，半想阎罗怎见？酒饮半酣正好，花开半吐偏妍。帆张半扇免翻颠，马放半缰稳便。半少却饶滋味，半多反厌纠缠。百年苦乐半相参，会占便宜只半。"读来很有意趣。

林语堂先生就很欣赏其中所描画的这种自然放浪的生活。他认为中国最崇高的理想，就是做一个不必逃避社会和人生、本性仍保持快乐的人。一半有名、一半无名；懒惰中用功、用功中偷懒；穷不至于付不起房租，富不至于不做工；会弹钢琴，可是技法不精，只为消遣；收藏古玩，只够摆满壁炉；读书，可是不用功；学识广博，可成不了专家；写文章，寄出的稿件一半被录用一半被退回。名字半隐半显，经济适度宽裕，生活逍遥自在，过中等阶级的生活，人类的精神才最快乐，是中国人最健全的理想生活。

中国名士的处世哲学无疑是一种"半半哲学"，落入爱情中，便是"花看半开，酒饮微醺"的情境，同样让人揣度和想象。关汉卿有一支曲《一半儿·题情》就这样笑谑道："鬓雾鬓胜堆鸦，浅露金莲簌绛纱。不比等闲墙外花。骂你个俏冤家，一半儿难当一半儿耍。""碧纱窗外静无人，跪在床前忙要亲。骂了个负心回转身。虽是我话儿嗔，一半儿推辞一半儿肯。"一半迁就，一半拒绝，原不过是给对方一点温柔，再有一点想念，不会付出全部的情感。爱情不总是剖心沥胆地直白，东方式的含蓄缜细，"和羞走，却把青梅嗅"，欲诉又掩，这是一种技巧，浸透了中国人圆融的中庸智慧。

花看半开，是因为花将开未开之时，有着小心翼翼、战战兢兢之态，让人怜惜和疼爱。那种情状，有初生婴儿的稚嫩，有妙龄少女的新鲜，吹弹欲破，拈指不忍。花苞里噙着一声声娇喘，在春天温热的气息里显出几分焦急。这时看花，像和一个娇羞女子约会，有了等待，有了想望，有了微笑的理由。

花看半开，此时就是一种意境、一种韵味，易生悲悯之心和逸雅之态。当然，还有些暧昧之情是说不得、道不破的隐秘，藏在“那时花开”的时光里。

花中藏蕊，收着小小的秘密，对赏花的人是一道谜，在风里探究，在梦中破解。解不开的是花语，更是蕴藉的心思。女子的风情便如此这般地沁进了爱她的男子的梦里和心里，于是有了想念，有了恋爱，有了一段段的传奇和故事。《西厢记》里的崔莺莺偶一回眸，羞答答地，就抓牢了张生的心，然后有了红娘牵线二人私会的情节，一番波澜，几出惊折，有情人终成眷属，成就了一段千古佳话。

居心于有意无意之间，处事于若即若离之中。中国人向来讲究中庸之道：以风情解之，是半推半就；以文字赏之，是蕴藉含蓄；以书画品之，是疏密有致。以此观之，竹，树，峰，鸟，月，雪，无非是一种哲学在自然中的反射。

记得多年前到过北京的“半亩园”，那是台湾人开的一家饭店。菜单里的菜端上来，都是用小盘小碟小罐盛装，很清秀，味道也清淡，吃到最后，感觉也是吃个半饱。那时还直抱怨呢，现在想来，便是店主所信奉的“半半哲学”吧。把这种哲学从精神烹饪到物质中，真是用心良苦。只不过，要参透其禅意，不仅仅是用口舌品尝，也需要用心悟道啊。

因为半开的花最逗人眼目，最让人想象。

无欲心自闲

读董桥文字不累，有故事，有风情，有味道，还有彻悟。董桥左手为文，右手赏玩，真如余秋雨所说：“名士情怀如窗外六朝之山，感性笔墨如檐下秦淮之水，一静一动，亦仁亦智，而这种组合居然完成于英伦与南洋之间，真是奇迹。”

听他讲古玩的逸事，似乎自己的手也摩挲到了玉器和竹雕，摸到了时光的温润和沧凉。董桥说那是“包浆”，即“手泽”，和日本作家谷崎润一郎所言“习染”相同，但这两个词比“习染”更具动感和想象力。包浆，有水的饱满和清润；手泽，有光的柔滑和亮度。“包浆”衬出中国士了“君子如水”的气质风韵，“手泽”晕出文人的幽寂隐逸的人生志向。董桥说：“岁数老的古器物人手长年摩挲，表层慢慢流露凝厚的光熠，像贴身佩戴的古玉器化出了一层岁月的薄膜，轻轻一抹，沉实润亮的旧气乍然浮现，好古之人讲究这番古意。”你看，时光从包浆里氤氲出来的是前朝云雾，是水的另一种形态，蒸出的可是名士飘逸的风骨呵。

而日本的“习染”，和他们所信奉的“风雅就是寒”、“风雅就是垢”有很大关联。他们讲究的是一种阴翳幽寂之美，喜欢盛在器物里优游闲静的颜色所带给他们的愉悦感。谷崎润一郎喜欢漆器，却不喜欢陶器，原因就是：“陶器杯一揭开盖子，杯中液体的质与色即一目了然，而漆器的妙处则在于揭开杯盖，将杯子送到嘴边时，这一瞬间的感觉，如何地优闲愉悦啊！人们虽不能明辨杯中‘暗’里有何物，但液汁顺畅地在流动，可以从手感中体会；杯子边缘渗透着些微水汽，由此感知温暖的气流正在涌升；这气流带来的馨香，在送入口中之前细细品味，即可隐约地预感到杯中物的异常美味。这瞬间的心情，比之饮用浅白色器皿中所盛的西方化液汁，何啻天壤。可以说这是一种神秘的、富有禅味的心灵的享受。”日本式的唯美就是这般，用色香味组合成一种审美形态，为的是满足一份禅意。但是，细想一下，日本民族应该是很爱走极端的民族，不是唯美到极处，就是血腥至残酷。而中国士子追求的闲适还是一种求仕的无奈和理想的无凭吧。

人都有一股闲情，闲趣几多，闲情何从，不同的文化、不同的心境、不同的涵养，会生出不同的襟怀。还是喜欢董桥的话：“闲，得之内省者深，得之外骛者浅。内省是自家的事情，常常独处一室，或读书，或看画，或发呆，终于自成一统。外骛是应酬的勾当，迁就别人多过自得其乐，心既难静，身亦疲累，去闲愈远矣。”说到底，无欲心自闲，闲是一种感觉，是一怀学养，是一派心境，那些以隐士之名躲进山林的人，未必得闲之真趣，只不过是做给外人的一份姿态，为引起他人的注意罢了。当然，这种偷闲之人还好过那一手品茗讲茶道、一手挥刀屠城之人。

最是李白的“问余何意栖碧山，笑而不答心自闲。桃花流水窅然去，别有天地非人间”有味道。笑而不答，闲在心中，像董桥讲的著名瓷器收藏大家、银行家胡惠春生前抢救了许多流失海外的国宝，如他出力将王献之《中秋帖》回归北京故宫，将家藏恭王府紫檀家具整批送给台北故宫博物院，还将“暂得楼”所藏四明本《西岳华山庙碑》捐给北京故宫，多年集藏的明清私家名款瓷器也都送进香港中文大学文物馆保管。这其实就是闲的最高境界吧，珍品收藏于心，情操溢漾在表，举重若轻，大家风范。齐白石刻过一枚“大匠之门”，来楚生篆过一方“大处落墨”，正好可以说明闲之妙境：越是旷达者越能大处落墨，也越能昂然走进大匠之门。这门指的是心灵的超越、人格的升华。

董桥先生说“闲”字最怕惹上太多正气和霸气，他讲了一个故事。阳明山国家公园里的中兴宾馆曾是蒋介石生前最后一处行宫，宾馆里到处都是桂花。有两层楼高的几株四季桂，还有一株名贵的丹桂。因“桂”与“贵”谐音，取的是“贵气临门”之意。有人问园中的老花匠：“当年可曾有人采下丹桂做江浙人最喜爱的桂花酱？”老花匠用手一指楼上总经理孔二小姐的房间，说她在楼上一凭窗就可以看到这株桂树，“谁敢碰她的花！”说得董桥也不禁一凛：“汉宫秋老，佳人迟暮，终归不许人间过问一树的荣枯。”一树的繁花恰似一时的繁华，孔二小姐固执地守着后花园的丹桂，其实放不下的还是尘世的虚荣和富贵呵。心不闲，气亦难闲。

所以，平常人虽不富贵，却可以在稻谋粱之余，寄意山水，钟情诗书，从片刻的闲散开始积累，慢慢地，就会达到闲逸的禅境。

偷得浮生半日闲

夏天燠热，和“凉”、“冰”有关的东西都成了解暑妙方。凉风，凉枕，凉席，凉水，冰糕，冰啤，冰纱，望之便生凉意和冰心，而在烈日烧烤下，这些物什也不过是权宜之计，稍去燥火，又一拨的热浪涌来，再思他法吧。

现在的生活和古时相比要富庶和安逸得多，今人耐不住的酷热，他们又如何消暑的呢？孟元老的《东京梦华录》记录了宋时京城的繁华，时令，节日，饮食，器物，市井，人物，街巷人潮，店铺食品，酒楼妓女，夜市灯光，琼苑芳林，是一幅文字绘成的“清明上河图”，繁碎冗复的文字下，扑出的是一股生活的热度和世俗的烟火。读之，满足了一种对远逝时光的好奇。手倦，抛书，却可以清凉地睡一个悠长的午梦了。

宋词总给人青瓷般的悒郁清淡，而宋代的平民生活其实是一片喧嚣。夏天，京城的巷陌路口和桥头檐下，支起一骨青布伞，铺开一个摊子，堆垛起床凳，当街叫卖，卖的都是家常小吃，有大小米水饭、炙肉、干脯、莴苣笋、芥辣瓜儿、义塘甜瓜、卫州白桃、南京金桃、水鹅梨、金杏、小瑶李子、红菱、沙角儿、药木瓜、水木瓜、冰雪、闵水荔枝膏等等，一色时鲜水果和清淡饮食。还有降热去暑的冰雪凉爽食品：沙糖菉豆、水晶皂儿、黄冷团子、鸡头穰、冰雪、细料馉饳儿、麻饮鸡皮、细索凉粉、素签、成串熟林檎、脂麻团子、江豆栗儿、羊肉小馒头、龟儿沙馅，且用银器盛装，散淡中仍不失宋词般的精致。可见宋时是很讲究生活品质的，小资情调在久远的朝代就溢出了一缕缕风情。

《东京梦华录》中这样描画宋时夏景："都人最重三伏，盖六月中别无时节，往往风亭水榭，峻宇高楼，雪槛冰盘，浮瓜沉李，流杯曲沼，苞鲊新荷，远迩笙歌，通夕而罢。"亭阁楼榭，瓜果李桃，曲觞玉杯，红荷浮水，笙歌迤逦，往往人影绰绰，通宵达旦，这样热闹的景状和夏天相合，与京城相衬，传递出的是阵阵香风浮浪，浮世绘般的清明平和社会。古人的闲情和知足，不得不让现代人也回眸一笑：原来简单的日子可以过得这样绮丽。

大观园里，喝茶，拆蟹，行酒令，嗑瓜子，都是消磨时间的一种闲淡，日子就在杯底的残茶、空荡的酒瓶、瓜子皮屑逡巡了几眼，踏着碎步去了。《红楼梦》第三十八回，藕香榭的桂花树下，铺了两条花毡，摆上热酒和螃蟹，湘云将咏菊诗题用针绾在墙上，令每人做一首诗。此时，个人情状不一：林黛玉坐绣墩上倚着栏杆钓鱼；宝钗俯在窗槛上将桂花蕊掷向水面，引游鱼浮上争抢；湘云发会儿呆，又让袭人等会儿，又招呼山坡下的众人只管放量吃；探春和李纨、惜春立在垂柳阴中看鸥鹭；迎春独在花阴下拿着绣花针穿茉莉花；宝玉一会看黛玉钓鱼，一会俯在宝钗旁说笑，一会看袭人等人吃螃蟹。园里的空气中到处浮着蟹鲜酒蜜、花香诗韵，闲逸得要让人晕睡过去。

时令新鲜水果和甘肥蟹子应该算是奢侈之物，不是每个人每天都可以享用，当然贾府是吃得起的。而瓜子无论富贵无论贫贱，都能剥嗑，很大众很平民化的食品。宝玉和宝钗言语正欢，黛玉倚门嗑着瓜子儿抿着嘴笑，心内百结纠葛；尤三姐听着尤二姐说到自己的亲事，只低头嗑瓜子，那是有了意中人却不便言说；潘金莲嗑着瓜子倚窗看热闹，瓜子皮飞溅到楼下行人身上，浪荡处饱满着风情；宋蕙莲坐在穿廊下一张椅子嗑瓜子，让画童取笤帚替她扫瓜子皮儿，不过攀上了西门庆有了倚恃。这样看，瓜子就不光是一样零食，也是一种计时单位，像沙漏缓缓落下的沙，渐渐湮没了浑然不觉的日子。所以早有人警诫世人，不要耽溺于此，虚掷了大好光阴。红了樱桃，绿了芭蕉，慵懒舒逸，轻浮冶荡，如此消磨了意志、沉迷于声色，早晚也会像李煜那样眼看着繁华湮灭，江山美人恰似一江春水向东流。

这样的担忧也是有根据的，丰子恺就描摹过闲散少爷，一手拈烟，一手抓瓜子，无所事事地游荡。瓜子皮吐在地上，也拂去无数时间碎屑。时间在轻松一嗑间被咬成两截：一截是过去，一截是现在。过去越积越多，现在越掠越少，一堆瓜子皮，拨开，躺着一具青春的尸体。

但是人生不可能每分每秒都循规蹈矩、行色匆匆，偶尔散漫下来看人生，也在情理中，是忙里偷闲、无趣时觅得有趣的一件乐事。

所以，有时，偷得浮生半日闲，放松一下身骸，整理一下心情，也是人生的日课。

自己的房间

许多作家喜欢在咖啡馆写作，咖啡的香气，缭绕的烟雾，回旋的爵士乐，都在刺激着不安分的大脑。巴尔扎克日饮咖啡十数杯才有灵感，才会提笔疾书，妙语如珠。原来大脑有种子，只有咖啡才能灌溉出绿苗，开出绝色花朵。

而在咖啡馆里写作的人，在他人眼中不过是一副矫情的姿态，总让人觉得把写作弄得太过戏剧化。写作者或者期待一场艳遇，或者等待一个伯乐，或者就是喜欢这样一种姿势。朱天文的小说《威尼斯之死》里的主人公成天呆在咖啡馆里，应和着不同的咖啡馆气氛，来想象一篇篇风格各异的小说。她说这样做的理由极其简单，就是为了躲避母亲的唠叨和邻居猜疑的目光。

有习惯在咖啡馆里写作的人，也有终生躲在书房写作的人，譬如维吉利亚·伍尔夫。她的名言是“要有一间自己的房间”。伍尔夫被喻作“英格兰百合”，就像圣洁的百合一样，顽固地坚持着一种精神气质和唯美意象，导致了她对文学的极端痴迷。终其一生，她与文字缠绵在一起，剪不断，理还乱，生出许多不可理喻之举。她醉心于朝拜艺术圣地，收集艺术品，一辈子都穿着粗布衣服，在冬季没有取暖设备的“冰窖”里，不眠不休地写作，不舍昼夜地阅读。为了不会被别人窥视到，这个神经质的女人像希腊神话那个自恋的少年，在水的倒影里才能完成她最美的姿态。1941 年，她怀揣着石头，投水自杀。

喜欢在咖啡馆写作的海明威，晚年住在古巴的一个岛上，他的书房，只有散在各处的几本书，墙上挂的是兽皮和猎枪，四壁都是洞开的窗子，扑进来阵阵涩涩海风。把写作当做一种孤独的状态的海明威，书桌是他的战场，笔是他的武器，一旦失去了手上的枪，也就失去了存在的必要。结果，他用猎枪完结了自己的生命。

中国古代士子很是风雅，常常把读书的地方故意弄得曲幽花深。比如喜好声色美食的张岱，他的梅花书屋建在一座倾颓的老楼后面，墙角植三株牡丹，繁花似锦；窗前栽两棵秋海棠，花开时“积三尺香雪”；房后几树梅花古劲苍然，数茎山茶花妩媚妖娆。坐卧其中，花影婆娑，清风明月，即使炎热夏天读书也沁出几分凉意。难怪他能写出《夜航船》这样闲逸的书。还有李渔，他的书房是平顶的，夜来赏月，春来观花，夏来晒书，冬来承雪，酸丁得可以。总觉得他是个爱翘兰花指，粉面光颊，心思幽婉，有着女人妩媚姿态的人，所以才写出那么细腻富丽的《闲情偶记》。

对读书和写作的痴迷，西方的作家有时更倾向于自虐，而中国的名士则注重于把玩。所以，前者有时就走不出自己划定的怪圈，迷失了，找不到出口，最终是以自杀来解脱生之迷惑、死之虚无；后者隐逸山林，倚松看云，啖露嚼梅，舒舒服服地颐养了天年，还留下了清淡幽绵的风月之作。

自己的房间，却因建造的地域不同，而有了截然相反的结局，实在引人深思。

文人的江南

喜欢湿润绚丽的江南，在我心底，江南是一抹绿色，犹如妙龄女子，宛转，清隽，纤丽，端得美极。

朱自清这样写扬州：“扬州从隋炀帝以来，是诗人文士所称道的地方；称道得多了，称道得久了，一般人便也随声附和起来。直到现在，你若向人提起扬州这个名字，他会点头或摇头说：‘好地方！好地方！’特别是没去过扬州而念过些唐诗的人，在他心里，扬州真像蜃楼海市一般美丽；他若念过《扬州画舫录》一类书，那更了不得了。”说得真好，“烟花三月下扬州”、“腰缠十万贯、骑鹤下扬州”、“人生只合扬州死，禅智山光好墓田”、“十年一觉扬州梦，赢得青楼薄幸名”、“天下三分明月夜，二分无赖是扬州”，唐诗凝结了风光之美和诗人情致，也让扬州作为一种江南意象，散发着脂粉烟花味道，盛开着旖旎繁花，成为中国文人一个遥远的梦境。

江南美，小桥、流水、粉墙、黛檐、斜风、细雨，陌上轻烟，满径落红，雕栏镂窗，湖上画舫，还有唐诗宋词，江南直直地成为一种意境，烟笼寒水月笼纱，涵蕴自然，晕染心情。白居易有“江南好，风景旧曾谙。日出江花红似火，春来江水绿如蓝。能不忆江南？”韦庄有“人人都说江南好，游人只合江南老。春水碧于天，画船听雨眠。垆边人似月，皓腕凝双雪。未老莫还乡，还乡须断肠”。皇甫松有“闲梦江南梅熟日，夜船吹笛雨潇潇。人语驿边桥”。杜牧有“千里莺啼绿映红，水村山郭酒旗风。南朝四百八十寺，多少楼台烟雨中”。汤显祖说“肠断江南，梦落扬州”。江南风景好，是文人归隐之所，他们渴望在那里洗濯沧桑疲倦的心。南北朝时，陈伯之叛梁北逃，他的好友丘迟以书信相劝，一句“暮春三月，江南草长，杂树生花，群莺乱飞”竟让他思乡情切，最终归梁。南朝的陆凯自江南寄梅花，送给居长安的范晔，“折花逢驿使，寄与陇头人。江南无所有，聊赠一枝梅”。赠友一枝梅，送友一季春，移情于梅，移江南景至塞北地，让范晔感动不已，虽是寒冬，他的心头已然是一片春天了。

古代的文人士子，穷则独善其身，达则兼济天下，保持内心的完整和道德的完善是他们一生的追求。在实现这个目标的过程中，难免被妒嫉、怀疑和中伤，他们被世俗的风雨摧残得零落成泥，只有抱着书箱，担着自己的美政理想，默默地退出，或躬耕田亩，或经营笔墨，或仗剑远游，将一怀苦闷和委屈消隐在山水之中。而婉约轻柔、细腻敏感的江南，最宜慰抚和平静心灵。所以，江南成为文人心中永远的精神故乡。

俞平伯和朱自清二人都写过一篇《桨声灯影里秦淮河》。俞平伯眼里的秦淮河"妆成一抹胭脂的薄媚"，他猜想这是被青溪的姊妹们熏染，还是匀得她们脸上的残脂凝成？"密匝匝的绣恨逐老去的年华，已都如蜜饧似的融在流波的心窝里、连呜咽也将嫌它多事，更哪里论到哀嘶"。朱自清看到的秦淮河水碧阴阴厚而不腻，仿佛六朝金粉所凝。于是谈着明末的秦淮河的艳迹，想着《桃花扇》及《板桥杂记》，仿佛看见那时华灯映水、画舫凌波的情景，船成了历史的重载，"黯淡的水光，像梦一般；那偶然闪烁着的光芒就是梦的眼睛了"。

俞平伯和朱自清两人各用文字兰桨，划出一痕痕绿波涟漪。前者是香艳柔靡的，后者是温婉悲悯的，亦都见出不凡功力，文中有画，画中有文，而秦淮河漾漾柔波已荡然于胸了。记得俞平伯是在茶店里吃了一盘干豆腐丝和两个烧饼后，脚步斜歪，几分醉意，踏上了夫子庙前停泊的画舫，懒洋洋躺到藤椅上，对着船夫喊"快开船罢"，于是桨声响了。因为江南燠热郁蒸，只有坐船游河才一消暑气，和宋朝人将船驾至芦苇深处纳凉之举相似。而鲁迅小说里面的人物是傍晚摇橹归家，河滩上的邻人拿水泼了家门口的泥地，搬出小方桌，摆上蒸干菜，准备开饭，很平常的江南家居生活，透着凉茶般的温意和清淡，比之俞平伯的名士风雅更多了一层亲近。他们的江南是闲适的，是可以佐餐生活的小菜，远在异乡时，口里会生出涎水，心里会长出青草，再忆起张翰辞官归家食莼菜羹的逸事，便无限乡思扰梦乡了。

江南，已不仅仅是一个地缘概念，更是一个人文概念，唯美，典雅，深藏于古代士子的梦中，成全了中国古代园林般精致细腻的文化品格和人文精神。

纯白的想象

只有雪落下来，冬天才变得真实起来。

当长春的雪兴兴头地铺了好几场后，今年的冬天才显得清冽寒酷起来。那几场雪下得很有阵势，一夜间便堆满了街道、簇拥着树木、挤压着房屋。早晨推门出去，光闪闪、白惨惨地拥到了你的眼中。于是，寒意倏地钻进衣隙骨缝，冬天就这样撑着白色的伞降落在你的面前。

这样的感觉近年来很少袭来，因为暖冬的缘故，雪下得少了，去年开亚冬会，好多雪都是人造出来的。想起了小时候，一到冬天，雪就纷纷扬扬地落满了街头屋顶，孩子们是带着风跑到室外，堆雪人，打雪仗，冻得小脸通红，头上冒着热气，嬉耍得整个冬天都热烈而喧嚣。那时觉得冬天就是满眼的雪，一地的白，整个世界就是一个大游乐场。渐渐地，这个游乐场变得萧条空寂了，因为雪愈来愈少了。

不期想今年长春的冬天落了三四场大雪，不仅重拾我儿时的记忆，又将我对雪的想象放大，将顽童的游戏幻化成了一场季节的狂欢。长春冰雪节在新年伊始就拉开了序幕，瓦萨国际越野滑雪赛、家庭趣味滑雪赛、冰雪欢腾夜大型焰火晚会、南湖公园冰雪迪士尼主题乐园、净月潭冰雪赛事、雪上集体婚礼、雪雕艺术、雪地摩托、雪地散弹射击、雪地跑马、雪滑梯、冰爬犁、狗爬犁等活动精彩纷呈，将一个原本凛肃而枯淡的冬天舞弄得热气腾腾、亮丽多姿。

身在寒冷的东北，我并不觉得雪有什么特别，而在少有雪的南方，雪就是天堂的馈赠。越来越多南方的朋友兴致勃勃地跑到东北，看雪，看冰，只为亲身感受一下冰雪的浪漫，走进梦里和童话中，把幻觉变成了真实可感的触觉和知觉。

而将雪拟成艺术的并不是现代的人，古人早就撮雪入文入诗入画了。从前的名士春看绿、夏赏花、秋望月、冬听雪，吟弄风月，铺排风雅，硬是将物质的雪凝化为艺术之晶，透映出心灵的旷逸超达，也反射出中国士子深浸儒道释传统文化的闲适无为的普遍状态。《四时幽赏录》的著者明代高濂在“冬时幽赏”名目中，言及雪景的几占十分之七八，有“雪霁策蹇寻梅中”、“三茅山顶望江天雪霁”、“西溪道中玩雪”、“扫雪烹茶玩画”、“雪夜煨芋谈禅”、“山窗听雪敲竹”、“雪后镇海楼观晚炊”等赏雪画面，撩人意绪，实在是把一种自然景致融进了个人的悲喜情志。雪落本来无声，而高濂却觉得“飞雪有声，惟在竹间最雅；山窗寒夜，时听雪洒竹林；淅沥萧萧，连翩瑟瑟，声韵悠然，逸我清听”，完全把视觉转移成听觉。原来景物映入心内时，早已打通了各脉经络，化骨，入血，成一派天然。这也才是赏景的最高境界。

所以，文字高手会将雪作为一种道具来烘托人物的性格，创造出一幅经典的画面。如：《水浒》中“林冲雪夜奔梁山”，《金瓶梅》中“潘金莲雪夜弄琵琶”，《红楼梦》中“妙玉雪水烹茶”，张岱《夜航船》中“铁脚道人嚼梅咽雪”，都是雪衬人、人喻雪，融化消释得无迹无痕。林冲的被逼无奈，潘金莲的幽怨酸楚，妙玉的洁身自好，铁脚道人的脱俗不羁，因为雪的映衬，形象便高拔而通透起来，历时光而不褪色。

用雪来譬喻人物的孤高清淡，是因为雪的颜色。李渔在《闲情偶寄》曾把梨花比喻为“人间之雪”，看中的正是雪的洁白。古人以雪喻人的品格和性情，今人用雪来讲述一种唯美伤感的爱情故事，从一个人过渡到一个细节，是把雪泛成一汪情愫，隐示了现代文明下的迷惘和虚幻一种情感。于是，白色的雪成了签注现代人追忆逝水年华的唯美符号。“在一片茫茫雪色中，我就像一枚雪花轻轻跌落在古老的墙头，那静幽斑驳的古香古色啊，浮在女子的脸上，泛起一抹红晕。”日本作家川端康成的《雪国》中对艺妓驹子的描写，透出雪般洁净的哀伤。苍白的岁月，纯白的记忆，雪，已被想象成一种隔离尘间的精灵，诱引着城市中寂寞的心灵走向空灵。

当冬雪寂寂地滑下，冰凉着面颊时，我真实地感觉到自然的抚摸和亲近。其实，远离了实境中的雪，飘渺在文字中的雪，虽美却遥远模糊；而只有投身在冰雪天地中，用手去触，用心去融，雪才会化成我们心底的欣悦，恒常地温暖我们淡俗的日子。

真实和想象就像一场雪，飘在空中的是想象，落在地上的是真实，不能因为耽于想象而脱离真实，毕竟真实的才是可感的，也最让我们有安全感，最能得到俗常的快乐。

所以，冬天里不妨去看雪，然后再去想象一段风花雪月的爱情。如此，自然的雪和想象的雪融在一处，冬天美丽，人也俏丽。

逃不掉的孽缘

总觉得读书是一件很风雅的事情，也是一种很烟火的享受。

书，虽是白纸黑字般的简单，却因为有食有色而散着浓郁蓬勃的气息，撩人肠腑，惑人眼目，说不出的适意，宛不尽的缠绵，对红尘中的凡夫俗子，是一场艳遇，是一道盛宴，总有推不去的思念，总有舍不掉的尘缘。

如《红楼梦》的繁华，似《金瓶梅》的绮丽，恰《西游记》的想象，类《水浒》的江湖，古典名著中的声色灿烂，铺开了世俗心情，隐喻了人生至境，在饭熟菜香的味道中，在红袖添香的温柔间，在雕栏玉砌的氛围里，我们找到了最贴心的精神安慰。

食和色，是平常日子里最基本的元素，同样也是书中最根本的情结。

《红楼梦》描写的物事繁多，香浓艳簇，堆出的色彩像被打翻了的颜料盒，红奢，绿透，白澈，紫逸，青旷，蓝凝，淋了一襟，湿了一身，却又那么恰切地勾饰出每人的个性。《红楼梦》繁华、绚耀，文字似其描摹的荣宁二府，有烈火烹油、鲜花着锦之势，扑面而来，饶是燎颊热肺。一个茄鲞的做法，把刘姥姥听得目瞪口呆；一剂冷香丸的调制，把周瑞家的惊得张口咂舌；妙玉烹茶用的玄墓蟠香寺收的梅花上的一瓮雪水，也叫黛玉称奇；警幻仙子用放春山遣香洞的茶，以仙花灵叶上所带的宿露烹的"千红一窟"，更让宝玉沉迷。《红楼梦》里的食和色，奢艳，唯美，极妍，极沁，却像贾母唤来的丫头捧来的两盒蒸食：一样是藕粉桂花糖糕，一样是松瓤鹅油卷。从字面到内容，华丽，雍容，是雪中的一袭红袍，是台上的一腔亮嗓，衬出了人生的繁盛，亦烘出沉沦后的生命无常。原来，繁华下隐藏着悲凉，剥去那层华衣，是一筋瘦肌、一柴枯骨。

而读《金瓶梅》，就恍若走进西门庆宅院的后厨。菜香，饭熟，肉烂，灶下犹闪着火光，燎红了厨娘脸颊。胖头胖脸的她搓着手，一会掀起锅盖，用箸戳一下肉，看看是否炖透；一会又蹲下身子，抽出正燃着的柴火，怕火大糊了锅底。这样家常场景，却是最舒服和放松的生活底色。《金瓶梅》中的西门庆色心如焰，口欲也是异常地蓬勃。府内三天一小餐，五天一大宴，灼灼的烟火味溢满房前园后，浓浓地从纸面扑将出来，引逗着肠腑和胃口。不消说鸡鸭鱼肉这些油腻之物，就说作为主食的饼也是绚烂至极。《金瓶梅》里发生的故事是在山东，似乎那里的人对饼尤其贪好。西门庆和潘金莲在王婆茶坊偷情时，就“向袖中取出银穿心金裹面盛着香茶木樨饼儿来，用舌尖递送与妇人”；李瓶儿差人送隔壁西门家的礼物也是“朝廷上用的果馅椒盐金饼”；孙雪娥被西门庆暴打却是因为荷花饼做迟了；书童和西门庆做不堪事时，是口里噙着凤香饼儿递与他的；为迎西门庆，王六儿洗手剔甲，烙了一箸面饼，“妇人用手拣肉丝细菜儿裹卷了，用小碟儿托了，递与西门庆吃”；就连病入膏肓的李瓶儿死前“亦是呷了两三口粥儿、咬了一些乳饼儿”。这饼儿是家常吃食，揉入了情色，散出的是肉体的热香，所以才被拿来调情。面的暄软和肌肤近似，做成饼，又发出麦香，犹似佳人，款款而来，却是红尘里可触可抱的，亲近，温暖，狎邪，浮荡，用它来佐餐情色、饕餮人性，最是恰当不过了。

如此，食色人生成为纸上悲喜，烘烤着见惯不怪的日子，消化着浓淡沧凉的时光。毕竟时光是无知无觉的，却因为人的走过，便蹭上了颜色。秦汉红彤，唐代灿黄，宋代青白，明清嫣粉，一望，如入绸庄，各色绸缎陈在柜前，铺开的都是岁月的繁华。仿佛用手就能摩挲出质感，唐是喧嚣，宋是忧郁，明清便是颓废。怎样的年代，披上怎样的锦衣，沉去的时光也并不寂寞苍白。文学语言就挥着这样的魔力，本来枯燥无味的事物，一经文字的饰染，就像白布上漂出的各种花色，脱胎换骨，有了别样的神致。华丽的，清淡的，厚重的，轻俏的，狡黠的，幽默的，都是一罐罐染料，漂洗着文字，就是风情万种，就是情致无限。当然，染料的投放是要适当的，否则，就会弄花了布料，一塌糊涂，不仅看不出风采，连本色也模糊掉了。而读书的韵致便由色而生，渐入了佳境。

董桥说：“爱书越痴，孽缘越重；注定的，避都避不掉。”读书恰如食的充饥、色的饱欲，总是溢着人间的烟火气。大凡俗人，一入孽缘，便是万劫不复，甘愿沉入谷底。

这就真如董桥所言“人对书真的会有感情，跟男人和女人的关系有点像。字典之类的参考书是妻子，常在身边为宜，但是翻了一辈子未必可以烂熟。诗词小说只当是可以迷死人的艳遇，事后追忆起来总是甜的。又长又深的学术著作是半老的女人，非打点十二分精神不足深解；有的当然还有点风韵，最要命的是后头还有一大串注文，不肯罢休！至于政治评论文、时事杂文等集子，都是现买现卖，不外是青楼上的姑娘，亲热一下也就完了，明天再看就不是那么回事了。”这样的比喻真是绝妙，读书的兴趣一望而见，散着人性的真实。

食和色，最平常也是最隔不断的一脉情缘，生活中离不了，书中少不得，读书也关涉，一点点，一丝丝，就这样融进了每一段时光，化入每一管血脉中，成了逃也逃不掉的一截孽缘。

风雅艺术

文化是历史的一扇门扉，艺术是文化息肩的窗棂，艺术家是倚门扶窗望过去的山水烟云。

历史无力挽住时光流逝，却能涵蕴文化的背影。阳春丽日，斜阳箫鼓，寒水烟柳，枯藤暮鸦，故纸旧物中因为锲入了这样的情境，才让我们知道古人是怎样生活的，记得自己根在何处，又将去向何方。就像汉字已成了中国人心头上的一枚朱印，无论走到哪里，一俟书写这横撇竖捺的线条，涌起的定是红红的乡愁。这乡愁就是中国情怀，是身为中国人所不能舍弃的一份自尊和骄傲。而要获得这样的文化认同，就得循着斑驳的印色，溯回遥远的时光，寻觅祖先留给我们的记忆。

艺术应该是文化中最浪漫、最具性情的一部分，最易切入历史。而构成艺术的不仅仅是音乐、舞蹈、戏曲、说唱、杂技、绘画、书法、雕塑、建筑和工艺等词汇，更是一个个绮念从生的艺术家，颠张狂素，颜筋柳骨，遒丽钟繇，风骨嵇康，畅意王羲之，形神顾恺之，谱仙曲的唐玄宗，舞霓裳的杨贵妃，皇家气派赵佶，魏晋风流赵孟頫，风流才子唐寅，狂狷之士徐渭，还有宋代四大书家，元曲四大家，吴门四家，四王四僧，扬州八怪，海上画派，岭南画派等等，正是这些生动鲜活的艺术家，才绘成了一幅绚烂的中国艺术长卷。

中国士子文人气质多样，有的忧郁，有的颓废，有的持重，有的狂放，他们时而疏朗，时而骄矜，时而澹然，时而忘俗，正像绚烂的艺术呈现出多姿的情性。如明代的唐寅，一派洒脱不羁，一径放情恣意，他住桃花庵，自称桃花庵主，常折花枝当酒钱，自云："不炼金丹不坐禅，不为商贾不耕田。闲来写幅丹青卖，不使人间造孽钱。"风流蕴藉不让桃花。和他同为"吴门四家"的文徵明亦轻吟"寂寂寥寥无个事，满船风雨满船花"。二人前呼后应，代表了中国艺术家孤芳自赏、寄情山水的遗世之风。可以看出，江南小桥流水、杏花杨柳氤氲出的一门风雅、一族书香，映出的不仅是个体生命的张扬恣肆，蔚成的也是整个社会的审美取向，更凝化出一个民族的精神气质。

中国艺术家讲究怡情养性，风雅之余，要的其实是一种风骨。山水无语，而琴有语，舞有语，字画有语，艺术家借书意画韵、琴音舞影倾泄心中郁结。愤世嫉俗的文人画家常常寄情于梅兰竹菊，书写诗画风流的文人雅趣，泼洒难以排遣的家国情仇。文人借助纸墨笔砚，达到物我合一、天地相契之境，梅兰竹菊继而成为中国文人永恒的审美意象与创作主题。人品决定了艺品，“作字先作人，人奇字自古”，艺术家大处落墨，一笔一抹都是峭然，一舞一动皆成风流。

古人在艺术感觉上往往浑然融通，许多今天的学科分支在古代常常难以明确区分，如乐舞一体、书画同源，尤其是戏曲，包含了诗、歌、乐、舞、表演、念诵、对白、技能、武术以及美术等众多综合艺术特质；而且，在相同的历史时期和环境背景下，不同艺术门类的作品会形成趋于一致的审美流向，在时光的河流中波澜涌动，推动历史不断向前发展。

艺术一直被视为生活之余的闲致逸趣，但闲趣之下却让烟火日子活色生香，使平淡时光丰富灿烂。沉潜艺术之中，就会处繁华而不惊、置落寞而不忧，生命里满满都是感恩与不安。如今收藏古玩鉴赏字画者已是芸芸，有的出于喜欢，有的只为货利。当然，不能简单地评说其中优劣，但是富藏者如果能深味艺术之魅，体尝艺术家的艰辛苦作，也许会在收藏赏玩之余，有了一种禅悟。如此游刃于生活之中，便能获得一份安详和知足。

风雅艺术，让我们触摸到了旧日烟尘，看到了古人的背影，其乐无穷，其韵不尽。

文化乡愁

胡适第一次从美国学成回国，一到故乡，母亲就对他说：“你种的茅竹现在已经成林了。”胡适诧异道：“我没有种过竹，菜园里哪有我种的竹？”母亲让他去园里看看。胡适进了菜园，园里果然长满了上千根茅竹。母亲告诉他，那是他十二三岁的时候，有一天傍晚，房族里的春富叔挑着一大捆竹子从园外走过，他看见少年胡适站在路旁，递了一根竹给他，让他做烟管玩，胡适顺手把竹子种在花坛里。那根竹子在花坛里生长得很快，母亲把它移到菜园里，十多年过后，竹子便长满了菜园。

林文月去看台静农先生，听台先生静静回忆他和亡友在大陆及台北的一些琐细往事。台先生说到动情处，还把桌面的花生拨开，画北平故居的图形给林文月看。当林文月开车回家，路上正遇红灯，寂寂无事时，想起台先生画图时的庄重和认真，“泪水竟控制不住地突然沿着双颊流下来”。

海峡的那一边，空气里都漫着一股乡愁，染得人心都是大字行草、朱红印章，只有在文化的后花园里，他们才能拾起故乡的竹叶，夹在回忆的线装书中。我想台静农先生早把当时的北平永久地刻在了心版上，再也拂拭不去了。台湾的旧式文人喜欢用仿古红木书桌，桌上放一盆幽兰，墙上木架花格里亦摆着拙朴的陶土茶罐花瓶，在陈香悠氛中，仍然做着怀旧的梦。“这里是望乡人的故乡：松涛涌满八加拉谷，苍苔爬上小筑黄昏，如一袭僧衣那么披着，醒时一灯一卷一茶盏，睡时枕下芬芳的泥土。”也许我们不在异乡，就很难体会飘泊者的感伤。其实，那隔海相望的乡愁最是蚀人肠腑。余光中的《乡愁》诗就是一个佐证。

“不会怀旧的社会注定沉闷、堕落，没有文化乡愁的心注定是一口枯井。”把中华传统文化铺成回乡的路，是望乡人最大的愿望。

胡适种的竹子已然绿满小园，台静农的故居不知是否还在原处等他？故乡永远是一个梦，牵系着飘泊者的心。任谁也无法打碎他们的怀念和记忆。

所以，林文月泪湿两颊；所以，竹子清绿依旧；所以，我们沉醉在文化芬芳中。

水墨中国

我一直喜欢“墨戏”这词，二字脱口而出时，恍若墨跳、色荡、韵飞，感觉笔墨之下，山水活起来，人鸟动起来，一幅水墨点染的画，全然散出中国士子须髯飘动、襟袖风扬的精魂。所以，我看中国画，轻松，淡然，清净，还偷藏了一份窃喜和狡黠，不费一文，便洗濯了身心，不亦乐乎？

中国画简称“国画”，也叫“水墨画”，题材大致可分为人物画、山水画、花鸟画，是中国文化的重要组成部分。人物画从晚周至汉、魏、六朝逐渐成熟；山水画、花鸟画至隋唐之际始独立形成画科，到五代、两宋流派繁多，达到兴盛。水墨画则流行于元、明、清和近现代。

中国画用毛笔、水墨、颜料在宣纸或绢上作画，以墨调色，笔简意工，笔有尽而意无穷，象有限而意无边，笔墨积微，物我俱化，从此臻至中国哲学的天人合一、物我交融之境。中国画以诗入画，以书入画，与诗词、款赋、书法、篆刻相结合，千山万壑，市井街巷，花鸟虫鱼，牛马珍禽，将相仕女，千姿百态，风情万种，浓缩于尺幅之间，蔚为大观，构成中国艺术的瑰丽长卷。

中国画不讲焦点透视，不论三度空间，不重块面刻画，不涉物理重心，和西方油画重写实迥然不同，中国画重写意，纯然境由心造，正如元代画家倪瓒所说："画者不过逸笔草草，不求形似，聊以自娱，写胸中逸气耳。"

中国画家作画，或重彩或减笔，或全景或一角，或工笔或泼墨，开合有势，取舍随我，线由意飞，墨从心出，不过是轻薄的素绢白纸，转眼间便风云际会，气韵横流。这正是因为中国画家胸中涵蕴了儒道思想，处穷达用舍、水清水浊之间，有意无意，若即若离，以形写神，神与物游，物我合一，物我两化，天地相契，真正是将人生与诗画合而为一，山水花鸟遂成水墨风景，纸上风月即是心灵映射。书画不仅是中国画家怡情养性的风雅寄托，也是他们言志抒怀的现实借喻。

所以，中国画多梅兰竹菊，多渔樵耕读，多琴棋书剑，轻描淡写、浓墨重彩下存一怀隐逸超脱的自我人格，呈现的就是中国画家的中庸平和之道、隐仕两兼思想。而单纯的自然物象折射成人格、品质、抱负、情感，便铺染成一种哲学意味，构图取景自由随意，"疏处可以走马，密处不使通风，常计白以当黑”，“得意忘象”，“妙在似与不似之间”，“无画处皆成图画”。这就是中国画的“写意”：以风情解之，是半推半就；以文字赏之，是含蓄蕴藉；以书画品之，是形神兼备。

中国画也是文人画，满纸流溢着文人士大夫的墨趣情致。纸砚涵蕴书者风华，书墨尽染时光风流。景物无心，人有闲情，没有生命的物质因文人画家赋予其灵魂，而生出雅趣和气节，愈显得生动灵澈起来。自唐代王维始，中国画开始脱离匠气，诗、书、画、印渐渐地融为一体，诗是无形画，画是有形诗，印是风骨，书为风流，相辅相成，完善了中国画的形式，完美诠释了中国画的丰富内涵。

中国画家大都存士子情怀、书人雅致、闲野气度。那时没有电脑，纯是靠纸墨代言，因此，他们才练得一手好字，写得一卷好文章，绘得一幅好丹青，洗砚墨成池，废笔堆为冢，真正享受到“笔耕”之趣。而现代文明给人们带来了快捷和方便，却疏淡了传统文化的情致与兴味，能写一手好字、作一纸佳画、描一篇锦绣文章的人是愈见式微了。蓦然回首，灯火阑珊，魏晋风骨、大唐气度、两宋尚意、明清浪漫，都已成了旧时月色，洇晕在绢素纸屏上，供我们想象和回味了。

怀想从前，温文儒厚的读书人伫立在水墨风景中，把纸上风月幻化成一种中国情怀。如果我们不再冷落案上纸笔，也不再仅仅关注字画收藏的价格，心手相合时，到底会生出一种文化乡愁，让我们脱离庸俗、渐趋高雅。

文人的轻薄

明代士子张岱的《陶庵梦忆》，清词，简句，摹人，画物，写意似的，像中国的山水画，一线，一墨，勾出了物魂人魄，淡中见色，疏中有密，张弛有度。

他写秦淮河畔，“画船箫鼓，去去来来，周折其间。河房之外，家有露台，朱栏绮疏，竹帘纱幔。夏月浴罢，露台杂坐。两岸水楼中，茉莉风起动儿女香甚。女各团扇轻绔，缓鬓倾髻，软媚着人”。没有冗长的句子，却道尽秦淮河的香艳奢靡。前部有景，后部有人，人景交融，层次分明，不乱，不断，不疾，不徐，端的好身手，一亮掌，就叫好一片。住在秦淮河边的妓女，傍晚梳洗过，穿薄衫，露一截酥胸，摇着团扇，挪着轻莲，风起时，带起一岸的茉莉香。明代的女子喜欢簪茉莉于鬓边，浓香扑鼻，以悦男人。据说，在秦淮河名正言顺的开妓院，与一位皇帝的力荐是分不开的，洪武初年，朱元璋建都金陵，在秦淮河畔设置妓院，称大院，朱元璋亲自为大院题写对联，联曰：“此地有佳山佳水佳风佳月，更兼有佳人佳事，添千秋佳话；世间多痴男痴女痴心痴梦，况复多痴情痴意，是几辈痴人。”连皇帝都乐此不疲，亲撰楹联，可见，狎妓已成世风。

张岱的描摹是细腻入微的，一介书生津津乐道妓女的生活细节，不免泻出几分中国文人轻薄之气。皇帝的糜烂是有着帝王的不可一世和大好江山作底气的，而寒酸文人的浮浪着实缘于他们的自命清高和风雅。散淡旷逸的陶潜，放达谐趣的苏轼，擅豆蔻词工的柳永，造青藤书屋的徐渭，和爱妻芸娘浮生清闲的沈复，一身朱凉气的曹雪芹，代表了中国文人风流之态和蕴藉之魅，他们真实流露的性情撑起了中国文学的绣绷，才有了婉约性灵豪放的气韵。成就的是个人的风格气质，成全的是中国古典文化。

文人轻薄，这“轻薄”二字的涵义与蕴藉风流是相通的，又稍微有些中国式情色。战国时，屈原就浸淫在香草美人的自比想象中不能自拔，他的弟子宋玉之流还想象虚构出了巫山云雨、性爱余香的《高唐赋》。汉魏六朝，轻薄之气更是沾染了脂粉漫天飞舞，一首本来淳朴清新的《采莲曲》，却让文人化“妖童媛女”入诗，可见男女情爱被涂抹得是多么的欢娱浓艳了。至唐朝，文人反而意气风发与青春飞扬，甚或生一怀“天涯沦落人”的悲悯，但后期却现衰微景象，杜牧、韦应物、李商隐等一色文人，青楼薄幸，风流枉断肠。至宋代，便是红绡罗帐，佳人轻解罗衫，才子忍把浮名换了浅斟低唱。文人气息纤长，风貌文弱，将轻薄气舞弄得人憔悴、影彷徨，折损了一叠叠相思债。到了元代，文人整日流连在勾栏瓦肆，用放浪形骸来排遣忧郁和孤独。正是因之文人的轻薄，才让他们所处的时代也萦绕了香风徐徐，成了一个硕大的后花园。皇帝，贵族，富人，文人，一起溺在温情脉脉的情绪下，颓废，萎靡，然后，终老于散淡无作为之中，国破碎得无人收拾。后花园闲情所满足的一时愉悦，最终全化成“雕栏玉砌应犹在，只是朱颜改”的家国怅恨。

中国古代文人陷于自己制造的香氛里，往高雅里说，是淡泊宁静，向深里俯视，是消解了意志。文人的轻薄淡化了人生的实用追求和积极价值，是一种声色的奢侈，也是一种生命的缺憾。

郑板桥掀帐

一段时间，我天天浸在书画里，在故纸残片中，捡唐代杨贵妃舞时遗下的簪子，拾宋代书家雅聚泼墨丢掉的纸屑，嗅唐寅纸上桃花余味，指染王冕的墨梅和印石颜色，心上萦留的都是山水、花鸟、墨砚、金石、舞袖、折腰、古琴、霓裳、羽衣、百戏、瓦舍、勾栏、清吹、散宴这些词。原来旧时月色是这般韵味斜逸，恍如张爱玲沉在她30年前的上海月夜里，冥想着那夜的月亮“该是铜钱大的一个红黄的湿晕，像朵云轩信笺上落了一滴泪球，陈旧而迷糊”。这样的想象本身就是诗意十足，且透出书画的雅致，正衬她的艺术气质。朵云轩是上海南京路上一家老字号笺扇店铺，经营笔墨纸砚、古玩字画、金石玉器等。据说唐代的韦陟善草书，常用五彩笺书写，署名时的“陟”字像五朵云彩，因此后来以“朵云”作为对人及书信的敬称，“轩”为小室，朵云轩一名由此而来。张爱玲在《金锁记》一开头就用这样的笔致悠悠讲述一个并不轻松的故事，让这部小说点染了陈墨旧砚的忧郁。我想，她一定是自小沉浸于旧书画里，所以，一出口就是这般的清寥，恰如文人画，一笔一抹都是峭然。

而我翻捡古代画作书品，无意间也浮在纸屏上，心底升起的是满满的沧凉和寂寞。

像看扬州八怪画时，肃然于郑板桥墨竹的“清癯雅脱”。郑板桥擅画兰、竹、石，尤精墨竹。他画竹长达50多年，提出“眼中之竹”、“胸中之竹”、“手中之竹”艺术三段论，他笔下的竹往往就是自己性情气质的化身，有一种“倔强不驯之气”。齐白石一柄楠木折扇上，一面是书，一面是画，“画是疏疏一簇青翠的水仙，字是款款几句密腻的寄托”，齐白石见郑板桥有“楼上佳人架上书，烛光微冷月来初，偷开绣帐看云鬟”诗，俏皮戏谑：“予戏为更‘看云鬟’三字为‘加鸳被’，承‘烛光微冷’，何如?”作家董桥评此道：“从看云鬟攀升成加鸳被，那是阅世的体念，更是文人推敲笔底品味的历程。人间冷了，人情还是温的好，白石老人写出那样的旧梦，解构的正是人文掀帐人心头的千千结。”所以，“板桥的境界纵然跌宕，到底输给齐璜那一念的品味”。真是让人意外，原来风骨卓然的板桥也是一介风流公子，“郑板桥掀开绣帐悄悄细赏美人浓美的秀发，动的是绮念；齐白石轻轻给她加盖一幅绣着鸳鸯的锦衾，动的是深情。”

艺术有通感，诗画无分别。沉默似诗，喧嚣如画，又是另一番意境。为文，须独辟蹊径，才至胜境。为文者，必登顶俯瞰，才是高人。醉于花间雪夜，才是风雅，才是洒脱。唱，舞，鼓，是士子真性情也。语言所达之境亦喜亦悲，亦怒亦嗔，亦危亦险，总在各人胸襟宽窄矣。

汪士慎的梅花风骨

扬州八怪中，最得梅花风骨的当属汪士慎。

汪士慎原籍安徽歙县，37 岁时携家眷寓居扬州，以卖画鬻印为生。54 岁时左眼失明，自刻“左盲生”、“尚留一目看梅花”、“一生心事为花忙”等闲章，以示情志。67 岁时双目失明，仍习作草书，挥写自如，不失当年风韵，金农赞他“盲于目不盲于心”。

汪士慎画梅心手合一、人梅不分。他常到扬州城外梅花岭赏梅、写梅，“老觉梅花是故人”，和梅“相对成良晤，同清亦可怜”，为梅花歌哭，月夜看皎然如玉的梅花，竟觉美人“逐梦魂来”。因为身心与梅契合。他画的梅万蕊千花，次第开放，繁枝曲干，虬龙乱舞，梅影花光，香雪缤纷，堪称妙绝。他独特的画梅法轰动了扬州画坛，人们誉其为“画梅圣手”，笔下的梅花也被称为“汪梅”。

汪士慎好梅成痴，也嗜茶如癖，人称“茶仙”。他对各种茶的形状、味道了如指掌，更精于闭目识茶，并喜欢用白瓷小茶炉细细煎茶，而煎茶的柴火一定是松子，煮茶的水一定是清晨花上的露水。朋友知他有此嗜好，便常赠他花露，他乐不可支，叹曰：“知我平生清苦癖，清爱梅花苦爱茶。”邻居焦五斗家藏一年腊梅雪水，汪士慎捧着坛瓮，夹着《乞水图》，去和人家换水。一向洒脱的郑板桥为此事曾写下诗句：“抱瓮柴门四晓烟，画图清趣入神仙。莫言冷物浑无用，雪汁今朝值万钱。”调侃中亦有一份敬重。

汪士慎在扬州城郊有一处陋室，名“青杉书屋”，他在屋前种上梅花、山茶、茉莉、栀子、牵牛、牡丹及梨花等各种花卉，深居于此，布衣蔬食，品茗作画，倒也自在。可生活的困窘也让他时时感到无奈，“自笑成孤调，难堪入尘世”。中国文人的清高隐逸，向来是不仕之后的一种精神自慰，虽然有些自嘲意味，但能守住这最后一点自尊，却也难得。

汪士慎认为画梅要画出梅的骨气，“人与梅花一样清”，梅花与文人风骨相契，淋漓成纸上的的墨梅，才散出冷峻高逸之风。朋友厉鹗赞道：“先生爱梅兼爱茶，啜茶日日写梅花。要将胸中清苦味，吐作枝上冰雪桠。”呵出的清苦味道浸入梅腑，开出的花愈加疏淡洁净，若画家的一生。

明人吴从先语：“瘦到梅花应有骨，幽同明月且留痕。”

说的是花和月，其实喻的却是人。寒梅，冷月，是物象，也是意韵，把人的质洁和清雅托付其间，增其品，饰其格，使无形的精神化成有形的物质，更易让人感觉和神往。梅花飘砌，凝于虬干劲枝，庄重而内敛地开着，清香溢自那一苞苞花朵，在寂寒的冬天兀自酒酣梦醉，旁若无人。梅花瓣薄并不繁复，却耐得住清寒和孤寂，山坡，高岗，墙角，都能绽出星星点点的灿烂，在枯寂无色的季节里给人惊艳，端在那一身品格。没有一番寒彻骨，哪得梅花扑鼻香。在苦和难中脱颖而出，缘自清高的品性、不屈的信念、执著的追求，这才冷中蕴香、苦里生美，梅花的骨气坚韧得让人叹服。时尚风下，瘦也是趋之若鹜的目标，追求形似，却丢了神似，即使有梅花的骨骼，却没有梅花的风骨。而缺少气质的美是不堪一击，终沉沦在岁月的尘埃里。譬如，玉树临风是一种风骨；弱不禁风就是一番哀怜。

文人将笔墨和人格融为一体，才能臻至化境。而所谓“高尚是高尚者的墓志铭，卑鄙是卑鄙者的通行证”，文人独守清高，不肯随波逐流，却往往落得个凄凉的结局。

世事如此，汪士慎也不例外。

李渔的戏谑

喜欢李渔，是从《风筝误》开始。一个喜剧故事，误会迭生，笑料不断，文白字晓，着实让我窃笑了一阵。后来读《闲情偶寄》，又是一番惊喜，他撰词曲、演习、声容、居室、器玩、饮馔、种植、颐养之法，将平俗生活舞弄得风情四溢。这是一个有故事的人，连名字都那么有趣。他原名仙侣、字谪凡、号天徒，后改名渔、字笠鸿、号笠翁，若仙人谪凡，化为一介渔翁，头戴竹笠，静坐山间溪边垂钓。同代的尤侗说他："度其梨园法曲，红弦翠袖，烛影参差，望者疑为神仙中人。"

这位仙人从天上到人间，就像他的人生，由优裕到衰落，从风雅到戏谑，隐居，卖文，开铺刻书，自组家班，粉墨登场，足迹遍及大江南北，声名远播。他的喜剧集《笠翁十种曲》情节曲折，语言浅近，颇受士大夫和百姓的欢迎，日本学者青木正儿说十种曲在德川时代“遍行日本坊间”。但他的放浪轻狎却在当时遭人诟病，说他的戏有市井谑浪之嫌和露骨秽亵之疑，深为文人所不屑；而现代研究者对李渔评价也不高，觉得其作品时代气息微弱，格调低下，情趣庸俗。

李渔在喜剧《风筝误》中，借风筝为线，制造了一个又一个误会，运用大量歇后语、谚语、俗语、谐音、熟语，不断抖落包袱，让观众忍俊不止、捧腹大笑。此戏曲折流畅，俨然是一出技巧娴熟的商业剧，当时就大受欢迎。按说，李渔也是个风雅之人，喜欢品茗赏梅，筑园建屋，吹箫扮优。冰雪之时，在山中支起帐篷过夜，只为看梅花绽放的一瞬；为观园中景色，他用数扇纸屏建了一座就花居，“四面设窗，尽可开闭”，四处皆可赏花。如今北京黄米胡同里还有他为兵部尚书贾汉复设计的“半亩园”遗迹，曾经轩廊亭阁、花木流水，甚是幽静。据说，他的住所芥子园也是藤花满架，“流莺比邻”，风致全然不输别处。就是这样高雅的士子，却写出了平白如话的戏曲，其间插科打诨、调侃戏谑、风泼辛辣、机趣丛生，市俗得可以，让人亲近喜欢。

“我本无心说笑话，谁知笑话逼人来”，李渔的科诨来自村言俚语、街谈巷议，全是生活的沉淀。我本无心，可生活有意，拈来便是诙谐便是风趣便是幽默，市井小民的小伎俩小肚肠小手腕，搬到舞台却是有滋有味的调料，将戏曲烹制得虽不至活色生香，却也大块朵颐，“雅俗同欢，智愚共赏”。

一直以来，中国文艺提倡的是“文以载道”，强调戏剧应自觉承担反映现实、陶冶心灵、激励抗争之责，却恰恰忽略了文艺的娱乐性。媚软的昆曲水磨调长，风雅当途，繁花照眼，摇漾如春，自是一番旖旎春色，这样的良辰美景，如此的姹紫嫣红，也只能是出身将门、苦恋《牡丹亭》的白先勇这般风雅士子所欣赏得了的，而以吃饭、抽烟、喝酒、泡澡、聊天为生活常态的俗人，还是习惯了这样的生活：端着大碗茶、嗑着瓜子，在调侃说笑中卸下一身轻松，哈哈乐过之后，转回家冲个凉儿，闭灯搂着老婆睡觉去了。

李渔正是摸准了观众的经脉，墨酣意足地描写平常人的世俗欲望，不故作姿态炫耀博雅，不忸怩作态邀怜取宠，他要的是观众自然真实的会心一笑。“传奇原为消愁设”，“一夫不笑是吾忧”，这样的用心和执著，怎能不受市场欢迎和观众追捧？直到今天，昆曲、京剧和各种地方戏仍在搬演《风筝误》，连海外汉学家都异口同声地称赏李渔是“最具魅力和最易接近的中国作家之一”。

因为，艺术的机锋和性灵原就藏在最平俗的生活里。

雨打风吹雪满头

在孔尚任的《桃花扇》最后一出《余韵》中，已经做了渔翁的说书艺人柳敬亭，在山间水涯偶遇做了樵夫的昆曲歌唱家苏昆生。苏昆生告诉柳敬亭，他前几日到南京卖柴，凭吊故都遗迹，只见孝陵已成牧场，皇城满地蓬蒿，秦淮河已阒无人迹。一番渔樵对话，苏昆生声调已是苍老悲凉：“俺曾见金陵玉殿莺啼晓，秦淮水榭花开早，谁知道容易冰消！眼看他起朱楼，眼看他宴宾客，眼看他楼塌了。这青苔碧瓦堆，俺曾睡风流觉，将五十年兴亡看饱。那乌衣巷不姓王，莫愁湖鬼夜哭，凤凰台栖枭鸟。残山梦最真，旧境丢难掉，不信这舆图换稿。诌一套《哀江南》，放悲声唱到老。”秦淮繁华俱往矣，风月渺云烟，风流成旧事，当年粉黛，何处笙箫？目断而魂消。一个人，一个家，一个朝代，就这样去了，毁了，亡了。

柳敬亭在《桃花扇》里是个很重要的角色，不仅是一个说书人，也是一个侠士。他大义凛然，为国挺身传书退兵，堪称慷慨勇士者。张岱的《柳敬亭说书》这样描绘他："声如巨钟，说至筋节处，叱咤叫喊，汹汹崩屋。武松到店沽酒，店内无人，謈地一吼，店中空缸空甓皆瓮瓮有声。"吴梅村在《沁园春·赠柳敬亭》中道："楚汉纵横，陈隋游戏，舌在荒唐一笑收。谁真假，笑儒生诳世，定本《春秋》!"黄宗羲改写《柳敬亭传》时，说自己听晚年的柳敬亭说书，有"亡国之恨顿生，檀板之声无色"之感。可以想见其说书技艺之超绝，几达"使人之性情不能自主"的境界。

柳敬亭的一生极富传奇色彩。他本姓曹，原为塘湾曹家庄人，少时不受礼法约束，避捕逃亡在外。因栖息于柳树下，自感生涯如柳絮飘泊无依，故改姓柳。后从莫后光学说书，熟悉各阶层的生活和各地方言、风俗，一生颠沛，周游扬州、苏州、杭州、南京等地献艺。柳敬亭忧国忧民，任侠仗义，傲骨嶙峋，正如《桃花扇》中侯朝宗所云："人品高绝，胸襟洒脱，是我辈中人，说书乃其余技。"故而虽布衣之身，却周旋明季诸贤最久，生平长揖公侯，平视卿相，流传不少佳话。他曾入抗清名将左良玉幕府，为参军，因貌丑，军中呼为"柳麻子"，"摇头掉舌，诙谐杂出。每夕张灯高坐，谈说隋唐间遗事"。明亡后重操故业，在南京秦淮河"长吟阁"说书，他眷念故国，借古喻今，有"白发龟年畅谈天宝"的沧桑之感，一时名卿遗老争相赋诗张之。他与明代反清的复社诸君子交游，与当时钱牧斋、吴梅村等名士亦过从甚密。钱谦益在《左宁南画像歌为柳敬亭作》诗中赞他：“帐前接席柳麻子，海内说书妙无比，长揖能令汉祖惊，摇头不道楚时死。”吴梅村说他，“只有敬亭，依然此柳，雨打风吹雪满头！”一介平民，文化无多，却得到书生士子的力推盛赞，其人格魅力一定是不俗而透骨的。

只有敬亭，依然此柳，雨打风吹雪满头！

真水无香梅兰芳

正在走红的二人转演员中，艺名中多带有“小”字，小沈阳，孙小宝，王小宝，王小利，关小飞，于小飞，蒋小东，听起来透着那么一股谦和平实，似乎与观众拉近了距离；但咂摸久了，却总觉得这近乎邻家小子的诨名，有些单调乏味、底气不足，现出卑微讨好之色。这倒不能过分苛求于人，毕竟他们大多生活在民风纯朴的乡间，读书甚少，演出时又想让观众一下子记住自己，便一水儿起了这样俚俗平庸的名字。

从艺名便可见其地域的文化浸润和书墨流脉。江南山水的绵软秀糯和世代书香流韵布袭，注定昆曲词雅曲媚，就连艺人的名字都相当讲究。昆曲戏班仙霓社“传”字辈的艺人，按行当不同，生行名中带斜玉旁，恰似玉树临风；旦行名中带草字头，喻之香草美人；净行名中用金字旁，指声如黄钟大吕、铁板琵琶般清正激越；丑行和副行名中用水字旁，因念白要口若悬河。京剧演员的艺名也雅致得很，“四大名旦”之梅兰芳、程砚秋、尚小云、荀慧生，其名散着清朗隽秀，其人其艺同样透着书卷之气和儒雅之风。

闲说艺名，其中亦隐寓着一种格致，即人格和戏品：人格指自身的品质、操守及待人处世的原则；戏品指深蕴于表演中的文化修养和人生历练。这些虽是无形的，却又是可感可知的。锣鼓铿锵，檀板轻敲，迤逦的水袖一径甩去，便见出了台上艺人的修为几何。京剧泰斗王瑶卿认为“梅兰芳的样，程砚秋的唱，尚小云的棒，荀慧生的浪”各称一绝。梅的“样”即指他的扮相端庄典雅，“意态由来画不成”。梅兰芳台下种牵牛花、养金鱼、放鸽子、练形体，据说他演《太真外传》时，男人女人都被撩拨得魂不守舍，一时被人唤作“梅郎”，名动天下。梅兰芳交往文人雅士，师从王梦白、陈师曾、陈半丁、齐白石等名家习字学画。有书墨打底，台上的他襟袖飘韵，眉目生情，分寸拿捏恰好，情致温厚蕴藉，就像他演出时身后绣满梅花的帘幕，清雅纯净，真水无香，一派大象无形，散出的都是儒家中庸之风和古典文化之韵。

旧时代的艺人坚守的原则就是“要美，要尊严”，电影《梅兰芳》中，老伶人十三燕溘然长逝时说：“输不丢人，怕才丢人”，“将来要给唱戏的争一点地位。”这两句话影响了梅兰芳的一生。他做戏独立从容，做人清白完美；他处世随和圆融，对人温和谦恭，“没有一点乖戾气”，即使对晚辈也会轻轻欠身，面带笑容。在票界，有人登台请教他，他必说“错不了”；演出后再问，则必说“不容易”。在伶界，每到旧历年，他都要亲自组织义演，演出所得尽数分发贫苦同行。1935年，他去苏联时拒绝途经伪满土地。抗日期间，他蓄须歇演以明志。抗美援朝时，他去前线唱《贵妃醉酒》慰问战士，听到罗盛教的故事时还直掉眼泪。可以说，梅兰芳做到了人格和戏品的完美统一，行里行外为之折服。

也有人格与戏品严重分家的特例。明代的阮大铖初入东林党，后投靠奸臣魏忠贤，阉党事败后，退居南京裤裆巷，自养家班，意欲重归东林，清兵攻陷南京时，他出奔浙江，后降清，随清军攻仙霞关，倒石上而死。其为人反复，人格低下，为士君子所唾弃。但就戏而论，其亲撰的《燕子笺》“讲关目，讲情理，讲筋节”，文人张岱看阮家班演出时，也不由叹其不落窠臼，字字出色，寻味不尽。因其人格的缺陷，也累及其戏流传不广。同是文人，清初的孔尚任的《桃花扇》“借离合之情，写兴亡之感”，反映南明覆灭史实，痛斥阮大铖的无耻行径和卑劣人格。此剧一出，引起明朝故臣遗老的亡国之痛，康熙颇为不满，将其罢职回家。孔尚任拂袖而去，“我是白头著书郎，被谗不辩如聋哑”，清高如此，让人击节称叹。而《桃花扇》不仅在当时被广为传播、频频上演，至今仍是戏剧舞台经典剧目。于此，阮大铖与孔尚任之人格戏品泾渭分明、高下自见。

作家章诒和在论京剧名家马连良时说："艺人就是这样于不经意间把生活的艺术积淀为文化的蕴涵，并联系着自己的生命热情、情感体验和心理支撑。这时，人的生活琐屑就不再属于吃喝玩乐，而是有了特殊价值的审美的、精神的内容。"二人转演员来自民间，能吃苦，爱琢磨，勤学苦练，人人有一手绝活；却又仅仅沉于世俗享乐，并未从简单的一饭一茶中体味出情致，使之表演过于生活化，常流于平庸肤浅、潦草无趣甚至低俗不堪，引起观众的不满。这正是二人转演员的"死穴"。如何化解？只有妙手点开，才能脱尽江湖戾气和乡野霸道，真正地步入"大匠之门"。

而"妙手"就是中国文化精神。想当年，不仅是梅兰芳，许多艺人都自觉提高文化修养，艺人和文人亦师亦友，蔚为风尚。荀慧生下死功夫学文化，《红楼梦》从头到尾抄了三遍；他拜师吴昌硕学画，每演《丹青引》，必在台上当场挥墨，四句唱词落地，画也作毕，博得满堂喝彩，市民阶层如醉如痴。如今，优雅昆曲失宠、贵族京剧尴尬，二人转笑傲群芳，却全然没有理由去鄙薄和轻视这"百戏之祖"和"国粹"，古老的剧种中蕴含着传统的气质、风格、情调和韵味，是需要用心去理解和品味的。

只有钟情痴迷进去，才能探到人性和生命的深处，丝丝入扣，妙入情理，为观众所喜爱，为后世所流传。

一生挚友

台静农是五四时期乡土作家，曾师从鲁迅，被鲁迅视为挚友。1946年，赴台大教书兼修书法，从此在文坛销声匿迹。

台先生初到台湾，“丹心白发萧条甚，板屋盈书未是家”，从未想在此久留，书房名为“歇脚庵”，即有暂时落脚之意。可他这一歇就是40多年，竟在岛上度完最后岁月。40多年里，他不谈故人，不追往事，不写回忆录，专教《离骚》、《九歌》，常言“痛饮酒，谈离骚，可为名士”，以酒饲养的笔墨恣意狂疏，盘曲扭结，力道外弹，像他本人的倔强。

与台静农相交甚厚的是庄慕陵和张大千，三人皆是酒徒，常在一起畅意聚饮。

1948年夏，台静农曾陪张大千前往设在台中县雾峰乡北沟的故宫访庄慕陵。那天，张大千的光临让庄慕陵和同事异常高兴，他们搬出宫中所藏历代名家真迹让其鉴赏，而张大千则一过目便迅即卷起，言称这些画从前都临摹过，睹画如老友重逢。其散淡天真情性飘然而出。张大千 1976 年移居台湾，一次出访日本，他将《潇湘图》、《韩熙载夜宴图》和《张大同手卷》三件珍宝存放在台静农家中。为不负朋友之托，台静农将画放在衣橱里，直至张大千访日归来，他完璧归赵，方才如释重负。在张大千的心目中，台静农性情澹泊，与世无争，不喜张扬，为人笃诚，是他最可信赖的朋友。

庄慕陵和张大千均住在台北的外双溪，庄的洞天山堂与张的摩耶精舍相距颇近，不到一华里。台静农每去外双溪，若是先到洞天山堂，一定在摩耶精舍用晚饭；若是由摩耶精舍到洞天山堂，庄慕陵一定留他吃酒。台静农嗜烟好酒，但与张大千共餐时，主人不喝酒他也不饮，主人不吸烟他也不抽，有人问其缘故，他说："因为大千不抽烟，所以到那里自然就不想抽了。"这种节制和自律显然是对朋友的一种尊重。张大千最后一次入院的前几天，二人还在摩耶精舍对饮，张盛赞夫人调制的果子酒味佳。台先生半生漂流海外，有思家怀乡的伤感和有家难归的遗憾，但晚年与张大千的相交，却是他一生中的一件快事。

庄慕陵 40 年代末携家眷由大陆护送故宫珍宝到台湾，后任台北故宫博物院副院长，并在台湾大学教书法。庄先生一生一袭长衫，寄身古书画之中，宠辱不惊，清气泱泱，真正是一位名士。庄慕陵病重，台先生去洞天山堂看他，当时他不能饮酒，可还在桌上放了一杯掺白水的酒，以示喝酒人的骨气和倔强。病至不能起床时，他还要夫人下楼拿酒或者让台先生自己下楼找酒。台先生一杯在手，凄然感慨：“当我对着卧榻上的老友，分明死生之间，却也没有生命奄忽之感。或者人当无可奈何之时，感情会一时麻木的。”其实，何尝是麻木，只是心痛到无言、辛酸至无觉罢了。

庄慕陵之子庄灵曾在 1969 年拍过一张照片，自题《一生挚友》，黑白之间，台静农叼着烟斗坐在书房案前提笔作画，庄慕陵站在其侧俯看画面，右手指间还夹着半截香烟。二位老友默然享受墨香悠淡的空间，缭绕的烟气凝固了那一瞬间，却拉长了一份友谊。文人相轻，历来相习，鲁迅痛骂胡适、梁实秋等，“一个也不宽恕”，铁骨铮然，血气冲顶，却总觉得其个性中少了些宽容。文人就不能相近相契吗？看到以酒相待的张大千、台静农和庄慕陵，才觉得人间确实有这样一种澹然清晰的感情，一杯酒，一根烟，一幅字，一张画，推杯换盏间，将平淡岁月沉淀成不朽记忆。而这记忆，于他们，是一种幸运和幸福；于后人，则是一种自省和自责。

董桥说：“怀想我求学时代的老台湾有过台静农有过庄慕陵那样的学问大家，我实在很想供养这样一纸清芬：为一段黑白的旧梦，为两张劫后的酡颜。”

时光苍白，酡颜泛起在恍惚的记忆中，依然散着纸墨的清香和人性的芬芳。

惊　艳

胡兰成注意到张爱玲是从她的小说《封锁》开始。一读倾心，甚至身子也从藤椅中拔直。细细品后，“仍于心不足”，去信问苏青张爱玲是何人？从此，他心中搁上一份惦记，又向苏青要张爱玲的地址，第二天就赶去静安寺常德公寓看张，张却不见，胡无奈，只得从门洞下递进一张字条。隔了一日，张主动打电话要来看胡，随即来到胡在大西路美丽园的住所。

“我一见张爱玲的人，只觉与我所想得全不对。她进来客厅里，似乎她的人太大，坐在那里，又幼稚可怜相，待说她是个女学生，又连女学生的成熟亦没有。我甚至怕她生活贫寒，心里想战时文化人原来苦，但她又不能使我当她是个作家。”胡兰成初次见到的张爱玲，是和他想象中有差距的，看出来他是失望的。他觉得她并不美，竟至不喜欢她，又怕伤害她。而胡和张长谈了5个小时后，他竟然对她有了惊艳的感觉：“我常时以为很懂得了什么叫做惊艳，遇到真事，却艳亦不是那种艳法，惊亦不是那种惊法。”阅花无数的胡确实深陷于张的才气之中，等到张离开胡家时，他送她到弄堂口，他说：“你的身裁这样高，这怎么可以?”很亲昵无拘的话语遂将两人拉近，连胡都自忖这感觉真好。

“我的惊艳是还在懂得她之前，所以她喜欢，因为我这真是无条件。而她的喜欢，亦是还在晓得她自己的感情之前。这样奇怪，不晓得不懂得亦可以是知音。”张爱玲的横溢才气改变了胡兰成对美的定义。所以，再去看张时，胡觉得她的房间竟有让人胆怯的兵气。张穿着“宝蓝绸袄绔，戴了嫩黄边框的眼镜，越显得脸儿像月亮”，甚至屋中的简单陈设也耀出华贵之气。一个人的气质可以新鲜明亮周遭的环境，这可能就是“情人眼里出西施”的恋爱错觉吧。

于是，胡兰成从张爱玲的文字和交谈中感觉到一股艳色逼人，恍然见到一位“民国世界的临水照花人”，并且“放恣的才华与爱悦自己，作成了一种贵族气氛”。从此二人落入情潭。胡看张是“陌上游春赏花，亦不落情缘的一个人”，“我与她是同住同修，同缘同相，同见同知。爱玲极艳。她却又壮阔，寻常都有石破天惊”。“她完全是理性的，理性到得如同数学，她就只是这样的，不着理论逻辑，她的惊绝四海，便像数学的理直，而她的艳亦像数学的无限。我却不准确的地方是夸张，准确的地方又贫薄不足，所以每要从她校正。前人说夫妇如调琴瑟，我是从爱玲才得调弦正柱”。他喜欢她，而且自信地以为，是他惊动了她的艳色，使她闻鸡起舞，正大仙容。这样形容“惊艳”，怕也是胡兰成的独创了。

张爱玲是一枝开在寒冬里的梅花，峭然孤傲地绽放着她的寂寞和荒凉。其中蕴着的是一种无法自拔的自恋，凝着的是一脉贵族的优雅，开着的却是一蕊性情的恣意。而这样的深涵，只有胡兰成能够看到。正是胡兰成的懂得，才让张爱玲放低了姿态，“见了他，她变得很低很低，低到尘埃里，但她心里是喜欢的，从尘埃里开出花来”。

才子，才女，相惜，相知，相悦，“花来衫里，影落池中”，她恨不得把他“包包起，像个香袋儿，密密的针线缝缝好，放在衣厢里藏藏好”，她悄悄地在房门外偷窥坐在沙发上的他，觉得红尘纷扰不再，只余“金粉金沙深埋的宁静”；他喜欢看她穿桃红色旗袍和绣有龙凤图案的花鞋，喜欢抚摸她满月般的脸庞，看她淹然百媚的行走姿态，当她扭腰为他递茶时，他惊住：“啊，你这一下姿势真是艳！”他觉得她比倚新妆的赵飞燕更美，甚至坐在黄包车里抱着高大的她，虽觉得百般不适，但自是难忘。

这并不奇怪，世间男女溺于情时，都是如此情状，张爱玲和胡兰成同样不能免俗。或许胡兰成在《今生今世·民国女子》中有过于夸饰之辞，但我相信当时两情相悦时，天地浑然不觉，张爱玲甚至兀自欢喜得诧异起来，问胡兰成：“你的人是真的么？你和我这样在一起是真的么？”俗世男女，人间凡事，本不可太去深究道理，那一瞬的感觉必然是真实的情意。他们曾经共同拥有的时光也一定是甜蜜的。因此，当胡和小周缠绵，刚强自尊的张竟跑去温州求胡回心转意，未果，伤心回沪时，她在船上“涕泣久之”，情之极，恸之绝，动人心魂。

惊艳，只是一瞬的感觉，胡兰成总以“惊艳”来状写他和张爱玲的一段情缘，本就暗伏了一场烟火般的短暂，浪子的心意也于此逸然。于是，注定他们感情不会有结果，缘起缘落间，又平添了一份红尘情债。

张爱玲的咖啡

张爱玲喜欢喝咖啡，钟爱一款英国品牌的“黛文郡奶油”，说舀一匙在咖啡里，普通咖啡粉也成名牌咖啡了。她在《双声》中，曾描述和炎樱逛街买鞋后到咖啡馆歇脚，“在咖啡馆里，每个人一块奶油蛋糕，另外要一份奶油，一杯热巧克力加奶油，另外要一份奶油”。喝完咖啡，从咖啡店里走出来时，已是黑夜，“天上有冬天的小小的峨眉月和许多星，地上，身上，是没有穿衣服似的，没了水似的，透明透亮的寒冷”。她们的家差不多一样远近，却是一个在东一个在西，可炎樱坚持要张爱玲送她回家，张爱玲虽然抱怨着，还是陪她向她家那边走去。喝咖啡，月夜徜徉，小女人简单的快乐漾在咖啡之上月光之下，平淡的生活由此氤氲出一种香氛，物质的，友情的，带着怀旧气息。

在美国，台湾的水晶先生去采访她时，看见她一气儿喝了四杯咖啡。她解释说，自己一喝咖啡便喝个不停。并说自己每天中午起床，天亮时才休息。咖啡是让她晚上保持兴奋清醒的一剂药。而往深里想，其实又何尝不是一杯思乡汤。品着咖啡，她可能想起和炎樱在上海逛街，闻到家附近的起士林咖啡馆，每天黎明烤面包时破空而来的喷香，忆起父亲带她到上海飞达咖啡馆去挑拣小蛋糕，甚至思念在香港步行十来里路，去吃一盘掺着冰屑的冰淇淋的故事。就像她自己说的，在加拿大多伦多街上看橱窗中的香肠卷，就“一时怀旧起来”。而天天喝着咖啡，记忆的潮水一定是长风万里般扑面涌来，让她回到曾经的上海时光。

因为，上海是她心中的梦，她的爱情，她的小说，她的繁华，她的虚荣，都是在这里生出根，从乱世的尘埃里开出夺目的花。有人说，她是绽放在上世纪40年代上海沦陷区废墟上令人目眩的红罂粟，是民国时代的临水照花人，是沧凉悲情的最后贵族。她的表情是矜持、孤高而隔离于世的，於梨华见到她的第一眼印象是：“看人时半扬下巴，半垂眼睑，我不认为她好看，但她的模样确是独一无二。”李碧华看她照片上的倩影，“总是仰镜，镜头自低角度往上拍摄，而她又不自觉（或自觉）地微仰首，高瞻远瞩，睥睨人间”。她的衣服样式是旗袍，连生命都被她比作一袭华美的旗袍，只不过上面爬满了蚤子。她的爱情凄清颓败，和胡兰成的那场爱情最终让她心灵萎谢不振。她笔下的人物，沏的是中国的茉莉香片，用的是陈旧迷离的朵云轩信笺，谈着一场场无望的爱情，沉溺在自酿的华丽爱情梦境中。她的人，她的字，镌成了一种姿态，苍凉的、孤傲的、清透的、凄婉的姿态。

这正是现代小资所追求的一种模板和范本。于是，她成为小资文化的创始人。但小资们只是在姿态上模仿张爱玲，她们不会理解张爱玲的内心，所以，她们端咖啡的手势虽然美丽，却轻巧得没有重量。毕竟张爱玲经历过那种“世纪末华丽”世事，体味到人性的丑陋和无奈，又具有一种深洞生命的早慧，因此她的姿态是独有的、不可模仿的，透着咖啡的苦涩。

咖啡和茶不同。茶是透明的，散着中国式的禅意。蜷曲的茶叶，一经沸水冲泡，滚出的是澄明的前世，啜出的是清冽的今生。咖啡是深邃的，浓郁着西方式的悲悯关怀。褐色的咖啡豆，经烘焙磨煮，早已是把人间风雨凝成苍老的颜色，然后在精致的杯中洇化成一种哲学。喝出苦味的人清浅，啖出甘甜者才聪慧，如张爱玲。

“咖啡馆没什么人，点着一对对杏子红百折绸罩壁灯，地方很大，都是小圆桌子，暗花细白麻布桌布，保守性的餐厅模样。”这是张爱玲《色戒》里的王佳芝和易先生约会的地方，是不是有她经常前往的常德公寓楼下那个小咖啡馆的影子？应该是的，就像《色戒》里有她的影子一样。和王佳芝一样，她也是情陷进去，便不知所以。王佳芝看着易先生迎着台灯的侧影，“目光下视，睫毛像米色的蛾翅，歇落在瘦瘦的面颊上，在她看来是一种温柔怜惜的神气。这个人是真爱我的，她突然想，心下轰然一声，若有所失”。张爱玲在房门外悄悄窥看胡兰成：“他一人坐在沙发上，房里有金粉金沙深埋的宁静，外面风雨琳琅，漫山遍野都是今天。”二人感受简直如出一辙。而张爱玲看出王佳芝和易先生的关系不过是“原始的猎人与猎物的关系，虎与伥的关系”，清晰，透彻。轮到自己呢，却是执迷不悟、搅扰不清、混沌不醒，就像她常喝的咖啡。

于是，她借《半生缘》里曼桢之口，说：“我们再也回不去了。”真的再也回不到从前了，“一句话还没说完，已经觉得多余”，杯里的咖啡不会开出清郁的花了，人生的种种顾盼终于凝成了一种手势，苍凉而无奈。

白花意象

西方人喜欢绚丽的色彩，把各色颜料涂抹在布上，就是油画。东方人尤其是中国人更钟情素雅洁淡的颜色，用墨笔就能点染一方风景，而且也不像西方油画那样铺得满满当当。一茎枯荷，两点寒鸦，三五帆影，就拈出禅意和佛境，纸上余白，留待思绪去飘忽想象。

中国人深深陷入白色意象中，和中国文化中“达则兼济天下，穷则独善其身”的做人原则不无关联。士子无论出仕还是隐逸，都要洁身自好，最好不食人间烟火，像屈原那样，早晨喝木兰花上的露水，晚上吃凋落的菊花瓣。有一个“嚼梅咽雪”的故事：一个铁脚道人，赤着脚走在雪中，口里嚼着梅花，和雪咽之，问他何故，他说想把梅花香气沁入心骨。这个道人和诗人屈原一样把白色情结寄予花中，以示其行止清洁，想来尘间只有花才是最干净的吧。古时男人将散发香味的植物袖在怀里，装入囊中，风起时，满襟芬芳，衣袂生香。孔子佩白芷，曹操藏江离，屈原挂泽兰，男人佩香，象征的是一种气节，高蹈虚空。这样的花若仙品奇葩，是不能亵玩的。其实，白色的花随处可见，比如：玉兰，栀子花，水仙，梨花，昙花，莲花，还有茉莉。男人用白花来明志，多一层厚重的精神意味。而女人只是为了扮美，简单的物质享乐。

白色的花，因为平常可见，很有股肉欲和世俗生活的热度。就像茉莉，娇小，素淡，却有浓艳风情，李渔说茉莉花天生就是妩媚女人的饰物，“植他树皆为男子，种此花独为妇人。既为妇人，则当眷属视之矣。妻梅者，止一林逋，妻茉莉者，当遍天下而是也。”梅花喻品，是精神的象征；茉莉隐欲，是物质的借代。前者让人敬重，却有高处不胜寒的疏离感；后者因为俗艳反而让人近之狎之。所以，能和梅花结缡的只有林逋一人而已，更多的是以茉莉为妻，毕竟茉莉的香暖要比梅花的冷寒，更能抚慰男人脆弱沧桑的心。夏夜，循着混了发油的茉莉香气，《浮生六记》中的沈三白忍不住去亲吻爱妻芸娘。市井人家俗世男女的烟火日子，本来就是这般温热，蒸出窒息的肉体陈香。就连《源氏物语》里的贵公子源氏，黄昏时分微服出行，看到白色夕颜花，好奇地驻足，不期想和一个叫夕颜的女子有了一夜露水姻缘。身着白色夹衫、外罩柔软的淡紫色外衣的夕颜，像一个深郊野外孤宅飘忽的狐狸精，一闪即逝，却迷惑了源氏公子一生。

秦淮河边的妓女傍晚梳洗过，穿一袭薄衫，露一截酥胸，茉莉盈头，摇着团扇，挪着轻莲，脚勾住栏杆，吐着瓜子皮，吃吃笑着，看河中的灯船穿梭，风起时，带起一岸的茉莉香。白色的茉莉花，素面艳骨，越夜越香，像极了她们的身份和迤逦于夜色的那种暧昧。我自香也，浮荡中漾着的妖娆，最能撩惑人的本能欲望。周密在《武林旧事》里写宋时女子撇下香囊、画扇、涎花、珠佩等饰物，独挑茉莉别发上，初春的茉莉价格不菲，“妇人簇戴，多至七插”，即使一晌欢娱，也愿舍银两，拥浓香满怀，女人的虚荣和天真几枝茉莉就可以买定。

女人爱极这样俗气的花，是因为它的香它的媚。茉莉的香气淡远而纤弱，自腕底腋下鬓边袭来，再无风情的女人也添几分妖色。《红楼梦》里的迎春姿质平平、懦弱无能，她独自在水边用绣花针穿茉莉的专注，仍旧有女人的韵致，惹人怜惜。女人到底是一种温软的动物，需要这样香艳的花饰其身、浸其心，将一个女子濡染成温柔的精灵，在烟火熏燎中舞蹈出最美的一瞬。

茉莉花易寻，家里养一株就可摘来簪在鬓发，不过一夜香透，第二天便萎顿如泥，有些脂粉未褪的狼狈。咖啡花长在热带地区的高山，鲜有人爬到高处折到的。这种花开到荼蘼时，收起身段，把雨雾都揽入怀中，炼成一颗红豆，又烘咖啡豆，将风情一点点深入骨髓，这种美是惊心甚或是决绝的，脱去了妩媚容颜，却有了冽香寒魄，这才是一朵花的至境。就像有的女人即使老去，举手投足也是优雅从容、风情不减。白色退了，白色的情结却缩成繁色的想象，更加富丽和宽广了。

若茉莉花和咖啡花的对比，似中国的写意精神与西洋的英雄情结的观照。想到吴冠中的画，水墨线条的勾勒处，同样有灿亮浓彩，却是旖旎得不可方物，仿佛洗一颗透明的灵魂，东方的隐忍自好和西方的激情旷达，奇妙地拥在一起，在白色画布堆出了锦色重重，将简淡的白色从孤绝簇成深刻。

天凉加衣

相传古代有位老禅师，一日晚，在禅院里散步，突见墙角边有一张椅子，他一看便知有位出家人违犯寺规，越墙出去溜达了。老禅师也不声张，走到墙边，移开椅子，就地而蹲。少顷，果真有一小和尚翻墙，黑暗中踩着老禅师的背脊跳进了院子。当他双脚着地时，才发觉刚才踏的不是椅子，而是自己的师傅。小和尚顿时惊慌失措，张口结舌。但出乎小和尚意料的是，师傅并没有厉声责备他，只是以平静的语调说："夜深天凉，快去多穿一件衣服。"

轻言善语便化解了小和尚的惴惴不安，也是给了他一个改正的机会，悠柔的，看似不动声色，其后却有着怎样的苛责，但是给对方一个自省的机会，退而能进，在这样透澈的眼光下，心中的委琐不堪会隐去，余下的就是愧疚和自新了。

如此不怒自威下，错了就是错了，还有什么可以辩解的呢？惟有重新来过。

宽容，温煦下的严厉；宽容，平和中的苛责。宽容是一湖碧水，清朗地映出心的透澈。是一股化刚为柔的绵力，推手下，看似轻巧，掌心却有着不绝的韧劲。不怒自威下，另有一番庄严和凛然。《悲惨世界》里的冉阿让因为偷盗神器得到了神父的宽宥，从此生出的悲悯之心，被覆了他的一生，恩泽遍及周围的人。忘我的牺牲，高尚的道德，连一直追踪他的沙威警长也自惭得跳进了塞纳河。宽容就这样成为一种精神，辉耀着心灵，照彻着山河岁月。

设若男人，和他人起了纷争，退一步，海阔天空，“让他三尺又何妨”，倘是善良之辈。定会汗颜，对你有了敬重心，如是小人，也算认识了一个人品质。设若女人，遇到负心的男子，如果给他这样一个机会，是不是要比撕破脸皮、毁其声誉更令他自惭，无地自容下也许会挽救一个人和一个家。若这样的宽容下他还是一如从前，那就是决绝地离开，不留余地。

“沧海笑，滔滔两岸潮，浮沉随浪记今朝。苍天笑，纷纷世上潮，谁负谁胜出天知晓。江山笑，烟雨遥，涛浪涛尽红尘俗世知多少。清风笑，竟惹寂寥，豪情还剩了一襟晚照。苍生笑，不再寂寥，豪情仍在痴痴笑笑。”黄霑带着朗朗一声笑，撒手尘寰，只剩下一襟晚照，斜斜地映着伤心人的怀抱。潮水波涌，是男儿心中的波澜，起伏，纵横，如一生经过的宠辱。

男人当有这样的胸襟，成，败，都会一笑。看似不经意，心中却是千山万壑，是渡己的从容，亦是待人的诚恳。如此担当水穷山尽的难堪，如此负载山青水秀的妩媚，是雍容的风度，是超尘的洒脱。修炼到这种境界，有男人的自尊，有男人的儒雅，有男人的涵养。

这样的姿态，道是无情却有情。就像霑叔，挺立是汉子，温柔又是多情郎。对林燕妮的痴心，让他可以放下身架去哀求她。虽然终分飞成陌路人，他仍没有放弃对她的一缕情丝。

沧海男人，性情中人。有襟怀，有爱心，笑得豁达，哭也风流。男人的宽容若月光豁朗，清辉洒在心上，是一片的温柔，暖暖地生出芳香。

天凉，记得加衣；遇事，懂得宽容。

伞

伞，撑在雨中，张在阳光下，抵住了雨雪和尘埃，绽出了美丽与风彩。

和扇一样，伞亦收亦放，收起时竖成一根树干，倚在门后，夹在腋下，存在包里；放开时迸出一朵鲜花，艳在头上，俏在风中，飘在街侧。一收一放间，裹进了昨日的风尘，抖落了一地的故事。伞，无疑成了一件爱情的道具。

蜷在角落的油纸伞，早已被蛛网灰尘罩住，提起，撑开，一阵的烟雾，伞上的颜色已经灰颓，骨架也已松散，委靡得如经沧桑的老妪，悠悠地发出一声叹息，凄怨而哀婉。谁能知道这柄伞曾有过的山光水色呢？从被手磨得光滑的伞把上，从被时光消蚀的伞面上，我猜测它的主人应该是一个清秀的女子，或者是一位风流的儒生，因为我相信，只有他们才会让伞流转出千般妩媚、万种风情。

古时的伞是手工制成的。竹子做的伞骨，桐油浸泡的伞面，只要张开，便散出幽幽的馨香，仰首还能看见停在伞上的花鸟鱼虫。撑着这样的伞行走，像水中顶起的一片荷叶，如风里飞扬的蒲公英，总有一种怀念的意味和想象的冲动。

江南的小巷深深长长，细雨绵绵如纱似雾。一个女子打着一把油纸伞，徘徊在小巷中。小巷里有几丛丁香花，紫色的碎花被雨浸湿，凝出了一份忧郁，剔成了一种淡雅，像极了打伞的女子。她也许正等着心仪的男子经过，因为这个巷口是他必经的地方，她只想装作不经意的遇见，看一看他，如果能够和他聊上几句，然后走在一把伞下，那不仅是梦里的情境，也是她一生的欣悦呵！

一个朦胧的日子，西湖的潋滟波光被续续不停的雨淹没，一叶小舟泛在其上。舟上的素衫女子偶遇一个书生，书生的矜持与羞涩不禁让女子有些心动。他们搭讪着，风把话音带进了渺渺的雨雾里。少顷，舟靠岸，几人下得舟来，书生将一把伞递给了女子，女子撑着这把伞，目光像伞上甩出的雨滴直直地射向了书生。书生有些局促，低下头，手捻紧了衣襟。待抬首，女子已迤逦远去，犹见伞下衣袂飘然。雨中的伞像挂在树上的风筝，而书生的心就被它牵着，一点点隐在了丝丝雨中。素衫女子便是白娘子，书生即是许仙。那一把油纸伞飘游在雨中，携着西湖荡来的潮湿气息，掩住心中躁动的情愫。于是，爱情从伞上开始。

结着丁香愁怨的女子和携着仙气的白娘子，心里都有无法排遣的思绪，爱慕、思念、羞怯，纠结缠绕，剪不断，理还乱。这时，伞便成了传达感情的媒介，也成了打发寂寥岁月的陪伴。伞上风光无限，伞下风情万种。一把伞，就这样翻转出心底的悲喜酸涩，为女人的故事撑起了美丽和诗韵。

伞，撑在雨中，是雨伞；开在阳光下，是阳伞。伞是一把，只是在两种天气里，就有了不同的名称。而伞的故事和名称无关，却和天气有着丝缕的联系。雨，给伞创造了浪漫，伞，给人带来了爱情。所以，伞在雨中似乎要比在太阳下更有气质，更具情调。

雨，最好是江南的绵绵细雨，像轻云被风吹下来，一丝丝，一缕缕，雾样的迷蒙飘渺。这样的雨，打着一把伞走在街上，行在小径上，才不会狼狈，也不会尴尬。伞下，一对情侣躲在一柄伞里，雨是借口，雨是理由，如纱的雨罩在伞外，伞下的男女喁喁私语，雨声里幽幽而切切，爱情便像雨一样缠绵不清起来，它滴在伞上，也漫在了情人的心里。

伞，最好是油纸伞，一把手工制作的伞。精致的竹子被削磨得光滑，玲珑地撑起色彩缤纷的伞面。这种伞，以手抚之，有起伏的质感。触摸着如此轻波微澜，就像感觉着流淌的爱情，别有一番情韵。虽然今天的伞越来越小巧俏丽，可以收入掌中、纳进袋内，比之旧式的油纸伞既方便又实用，但却少了一份古典的味道，一种漾在空气里的清香，一种吸进腑底的淡雅。打着油纸伞，走过一片桃花林，碰碎了桃花，花瓣便印在了伞上；打着油纸伞，飘过树下，一只鸟就停在了伞上。于是，油纸伞绽开生机，融入了意趣，变得情味盎然。于是，一个个爱情故事裹在了伞里。许多年的某一天，她或他偶然从墙角拎出坠满灰尘蛛网的旧伞，张开，落下了一地土，还有那曾经的故事，此时，心里是酸涩，还是甜蜜？

伞上的故事就像撑在雨中的伞，潮湿阴郁，似乎总有一股悲剧情味。江南小巷丁香般的女子，打着油纸伞，惆怅地徘徊在雨中，等待着一份未知的爱情；白娘子握着许仙的伞，却没有握住爱情，漫天的雨飘下，那把伞没有遮住痛苦和失望，却遮住了快乐和希望。也许伞因为和“散”谐音，便注定了一切终究是没有结果，爱情必会随雨飘飞。可是，伞上的故事却是美丽的、诗意的，惟因不完满，才愈具震撼力，愈耐品咂。

雨，未经约定，悄然而至，就像一个不期而至的爱情。雨落下时，一把把伞花样绽开，迤逦行去。

每一把伞下都有一个故事，每一个故事都有不同的颜色，象征着纯洁、热烈、忧郁，而故事的结局也许是悲剧，也许就是一场喜剧。

扇

扇，打开是一帧风情；折上是一柄蕴藉。

扇，被女子的纤指拈起，亦被男子的温掌握住。

女子以扇遮面，掩住的是娇羞和心跳；男子执扇凝神，衬出的是儒雅与气度。

扇，绢制的，纸做的，不论材质如何，不论画面怎样，只有在女人和男人的手中翻转，才会演绎出万种风情，流泻出千般蕴藉。

昨天的扇就静静地躺在眼前，曾经花红柳绿的扇面早已淡了颜色，一扑扇，抖下的是一地古旧风尘。扇已残旧，谁还会记得这里藏着一个婉约而凄美的故事？

古时闺中女子大多居绣房，难得走出深院。于是，手中的扇子和她们相依为伴，成了她们传示女儿情思的道具。拈在她们手中的扇，一般都是由柔软的丝绸制成，仿佛女子细密轻柔的心，所以扇又称纨扇。纨扇，精巧俏丽，扇上风光旖旎，蝶飞，雀鸣，莺啼，燕舞，草惊，花笑，像一阕阕小令，挂在扇上，在春深似水时，纤纤素手轻摇，便摇落下一串串思念和向往，诗意又朦胧。

夏，正午时分，蝉在树上喋喋不休地絮叨，树叶也无精打采地耷拉着。小姐香汗浸额，一身燥热。便轻动莲步，移至廊下，摇起纨扇，风携清凉，将暑气和乱绪一点点地熨压下去。夜晚，月光清白，疏影横斜，萤火扑朔，流成一条条断断续续的弧线。小姐在花间树下循着这微光，用手中的扇子扑打着，袖襟间便兜进一股风，钻在怀里，痒痒地，小姐不禁笑出声来。一阵的嬉戏，她有些疲累，于是，退回阶前，斜倚在一榻竹床上，以手支颐，目光遥遥地望向渺渺夜空，她寻找着牛郎和织女星，心下忖度：还有几日是七夕节呢？

旧时女子的心思就是这般的微妙，凝在那小小的物什上，一柄纨扇可能就是一个故事，一个故事可能就是女人的一生。

拂去扇上的浮尘，也许还会看到闪烁的流光，那是古时女子不经意留下的。那一天，风和日丽，或许是在花园，或许是在灯市，偶然地遇上一个书生，俊逸儒雅，风起时冠带飘动，撩起了小姐的心。她忙将纨扇遮在面颊，掩住一脸的绯红和怦跳的心。又忍不住好奇和新鲜，眼波流转，自扇上偷偷地望去，书生的影像就嵌在了心底；而那扇上的一瞥，也印在了书生的记忆里。在后来的日子，就衍生了一段美丽的佳话。只因一扇，便注定了半生的情缘。

女人的扇，一开一折间就散落出一地心事。如遇痴情男子，他也许会将这心事收拾起来，在无人的夜晚拿出细细品咂，然后牵着女人的目光，续一段美好姻缘。而大多情况，男人只是把女人当做了一柄扇，玩弄于股掌间，只待秋风乍起，便扬手一掷，弃之不顾，任其湮没在尘土中。因为一开始，男人就把女人看成是纸上风景，眉山眼水，只不过涟漪泛起黛烟生时才会瞄上几眼罢。

女人曾经"轻罗小扇扑流萤"，一跌一撞，却露出女儿的几分娇态和天真；曾经用扇掩饰羞怯，偶一回眸，又将思春的情状从扇上流泻出去。扇，是女人的装饰，也是女人的心事。没有了扇，女人就缺少了韵致，红尘就缺少了故事。

在舞台上，扇子仍在翻转，红红绿绿，直把人看得眼花缭乱；棋手掌中，也还握着一把纸扇，对弈时开阖，散出智者的优雅和气度；炎炎夏季，在乡间和街巷闾里，可以见到有人挥扇消暑纳凉。但是，却很少再看到女人纨扇在手了，而形影不离的已是各种形状的手袋了。

手袋是现代女人不可缺少的装饰，成为女人如影随形的伙伴。每个女人都有着一个或几个手袋，配合四季的服装变换着。皮质的精良，绢制的古典；黑色的庄重，红色的热烈；方形的大气，圆形的雅致。材质多样、颜色繁复、形状各异的手袋展示着不同的风采，将女人衬托得婀娜多姿。女人的袋中裹着自己私密的东西，比如：纸巾、唇膏、手机、电话簿等，她们随时都能从袋里取出所需的东西，在任何场合也不会让自己感到尴尬。袋内风光无限，是一柄扇子所不能涵蕴的。

其实，手袋又何尝不是现代女人的一柄扇呢？只不过形式变了，内涵亦有所不同了。旧时女子的扇，遮住的是娇羞的红颜，掩饰的是慌乱的心跳，轻挥间携来的风，意在清凉那颗因渴望爱情而躁动的心；现代女人的手袋，装的是一个自由的心境，提的是一兜美好的希望。扇，穿过古老的风尘，衍化成今天女人身边的手袋。和扇一样，手袋映射着女人的心情，映衬着女人的美丽，女人或手揽或肩挎，着一身光鲜时装在街上迤逦而过，引来钦羡的目光。这时，女人眼里就少了流转的波光，却多了几分自信，添了一种坚定。因为现代的女人比起旧时女子要幸运得多，她们可以走出家门上街购物、和朋友聊天、参加各种聚会，更重要的是，有了一份工作，有了一份独立和尊严，而这也是那个尘封年代的女子所曾经期盼过的。

女人在行走，行走的女人是一道风景，手袋就成了风景中的亮点。它不仅是女人的凭依，也是女人的象征，将扇的风情挥洒得愈发浓烈，又给扇绘上别样山水，新鲜，引人注目。

手绢

一方手帕，掖在往事的一角。

它曾经被古代大家闺秀的纤纤玉指缠绕；也曾经被现代的女子四四方方地叠在衣袋里。每一方手帕都会扯出一段故事，或伤感，或忧戚，或甜蜜，或浪漫……

手帕，更多地称它为手绢儿。手绢儿，舌尖翘起、抵住上腭而发出的声音，带着一股优雅，挟着一缕俏皮。丝丝絮絮的情愫，随着尾音淡远散去。手绢儿，大多用质地柔软的材料，或棉布，或丝绸，经经纬纬的线儿织就，密密横横，却也织成一段段金玉良缘。手绢儿，无疑成了千年爱情的道具，又将每一段爱情擦拭得温润沁香。

员外家的小姐到郊外的寺里进香，裙裾拂尘，飘然而来。蓦然瞥见寺外有一俊朗儒雅的书生，一袭白衫，一柄折扇，好不风流倜傥。小姐芳心乱跳，秀目顾盼。书生也眼波流连，双目相遇的一瞬，迸出的光亮，灼得寺内那株桃花也艳艳生辉。小姐偷偷将捏在手里的丝帕扔到地上。书生捡起丝帕，握在手里，眼中心底全是小姐娇羞面容。望着小姐迤逦远去，才将目光收回。摊开那方手帕，白色的丝绸莹莹泛光，像小姐射来的目光。手帕上斜角绣着一枝红梅，冷峭，端丽，散出若有若无的凝香。书生立在阳光下，不禁一阵晕眩，梦里梦外，不知身在何处。

那方手帕虽然早已化尘为土，飞散在空中，可是还有许多的手绢儿绾系了情窦初开的两颗心。就在二三十年以前，女孩子都有一块手绢儿，大多是从商店里买来。式样花色虽然相同相近，但折进的情思却是迥异。有的女孩子用它包上一些花生瓜子糖果之类的小食品，趁无人注意，便偷偷塞到自己喜欢的男孩子手里。男孩子也心领神会，揣起它，寻一僻静处，展开，凑在鼻下深嗅，幽香撩起心里的点点朦胧爱意。还有的女孩用它拢住头发，扎成一个马尾。看似随意，却深蕴一番用心。那垂下的绢角和发丝一起风中轻拂，细细痒痒，搔动着不羁男孩的心。

日本有一部电影《幸福的黄手帕》，结尾是这样的：男主人公千里迢迢从狱中归来，为了履行和心爱女人的约定，他赶往家中。忐忑中，渐渐地走近那个熟悉的房屋，突然他望见门前的树上飘舞着无数条黄手帕。象征爱情的黄手帕，在风中呼呼作响，分明说着“回家，回家”。此时，男主人公静静伫立，眼中已是一片模糊。所有的坚强、所有的沧桑被这柔软的手绢儿击溃成滴滴泪水，慢慢流淌……风中的手绢儿是一面爱情的旗帜，飞在树上，系在了爱人的心中。

手绢儿似乎从开始就和情感拧扯在一起。小时候，小朋友围坐成一个圈，哼着“找呵找呵找朋友”的歌谣，玩着丢手绢儿的游戏。一个小朋友将花手绢儿丢在另一个小朋友的背后。如果这个小朋友发现了，就会站起来追他，抓到了，就算找到了朋友。儿童用无瑕的纯真把最初的朦胧情谊叠进了手绢儿中，那上面绽开的花儿就是稚嫩的童心。

手绢儿摊开在平常平时的生活里，扑散着朴实家居的脉脉温馨。而飘荡在舞台上，却浓溢出另一番风韵。东北的二人传中，手绢儿几乎成了一种必不可少的道具。演员将手指顶住丝绒手帕，旋转起来，上下挪移，像一柄柄伞儿撑在雨中。有时，演员将手帕甩出来，划出一轮弧线，手帕又飞回来，接在演员的手中。这种功夫称作手绢功，演员是要花费一定的精力和时间才能练就的。手帕翻飞，缭乱眼目，关东人火辣辣的感情也就从手帕的舞跃腾转中释放出来。

小小的手绢儿演绎了怎样的风情，也许如此道来并不能尽如人意。因为爱情裹在柔软的手绢儿里，才能保持一份娇羞，拥有一怀温情。没有了手绢儿，爱情就干巴了；没有了手绢儿，爱情也没有了呵护；没有了手绢儿，爱情变得没滋没味。

手绢儿，捻在女人的手里，也将爱情揉进了纵纵横横的布纹中，然后撕扯成一缕缕的相思，在月华如水的夜晚里静静咀嚼。那是一种享受，一种韵致。而如今手绢早已不知尘封在何处，女人们从精致手袋里掏出的是一沓沓整齐的纸巾，没有个性，没有爱情，一次性淘汰，实用而廉价。爱情离开了手绢儿，还会娇媚，却缺少了纯朴。而手绢儿的韵味只能飘在旧梦里，在茶余饭后的闲聊中想起。此时，手绢儿的那份诗意已化在手中的一杯白开水中，淡了，白了，远了。

那枚偷偷扔在身后的手绢儿，那方扎在发上的手绢儿，那条舞在树间的手绢儿已经丢失。那股曾经被手绢儿撩起的热情也已消散。留下的只是对昨天简单淳厚生活的怀念。

红袖添香

月光清冷，竹木萧疏，碎影如银，洒满一地。寂寂的寒灯下，烛光如豆，幽忽闪烁。室内寞寞空空，书生独自坐在桌前，眼前摊着一堆书简。凝眸处，文字似蚁，爬满了书生的眼睛。窗隙间一丝寒风侵来，瑟瑟的，竟让人一抖。此时，悄然飘来一妙龄女子，款款地移莲步至案旁，轻拢细捻，拨动烛花，霍然间，室内通明起来。书生一喜，揽之入怀，共话书香。于是，一幅经典的画面就映在木制的窗棂上，时光流转，木窗已成尘灰，可是那映像却飘延至今，是谓“红袖添香”。

而“红袖添香”一经道出，优美与古典的神韵便悠然而来。“红”伴“香”携，有声有色，实在美妙。绢袖轻拂，又掠来甘醇和酣畅，还裹挟着痴情与气韵。原来如玉红颜行行复行行之间，却给读书人带来那么多的遐想，不仅编织成如许美丽的故事在心头悄悄流过，而且录入文字，慢慢用心诠释、享用。就像蒲松龄笔下美艳的精灵，飘忽的鬼魅，发梢飞舞、裙裾飘扬地拂过昨天，又落在今天，全然成为男人酒酣耳热后的浮想。而蒲翁在挥笔构织人物和故事时，身边真有位红袖否？想必穷愁潦倒时，凄风苦雨中，依然形单影只，只能用臆想来安慰自己吧！曹雪芹寒窗苦吟，划齑为食，还能企望哪个红袖递上一杯缭绕飘香的茶茗。于是乎，红楼终究一梦，想象着贾宝玉在大观园里偎红依翠，和水做的姐妹吟诗作对，打情骂俏，风流快活一遭，而心下的苦楚又有几人能知？

确实，每个人的内心都有一块不可触摸的柔软，一经碰触，便搅起那剪不断、理还乱的柔肠。即便是铁血男儿，清风徐来，细雨飘来，眼中也会流波飞梦，一怀怅然。而男人在遭困背运之时，壮志难逞，怀才不遇，精神往往很敏感和脆弱，易碎的心需要细密柔软的呵护，女人就成了她们躲避风雨、疗治内伤的庇护之所。“设想英雄垂暮日，温柔不住住何乡”，英雄亦有雄风消减之时，曾经的风云一时，会在心中留下那光荣的印记以及莫名的虚荣。而再起江湖已不可能，那么惟有与美人相伴，不仅是消残了壮志、聊慰已怀，亦是留一段情话，让人羡妒去罢。这在金庸的武侠小说中并不鲜见，而世情人情亦不过如此。

读书人也有许多美政理想，憧憬民风淳朴、君主开明、社会祥和，于是怀揣满腹经纶，意欲一试身手。未料想官海浮沉，“万言不值一杯水”，几番折腾，倒弄得个放逐天涯甚或性命不保的地步。况且读书人又成不了豪侠，不能仗剑远游，不能四海纵横，惟有在六尺方案前苦心经营着自己的理想，设计一些鲜活的人物，构织一段动人的故事，从中寻找一种心理的慰藉。“百无一用是书生”，既然不能行侠仗义，也不能改造社会，那么渴望红袖为己添香也不算是一种奢望，亦会为人所理解。只不过现在还有几位女子可称“红袖”，能够在男人孤寂与困厄时拂来一段香呢？

今天的女子云香鬓影，活跃在社会各个阶层，煞是妩媚动人。女性成为社会不可或缺的一部分，尽展其风采和魅力。虽然少了些古典诗话中的浅笑低颦、莺声燕语，但却多了份自信和从容。有时候让男人也自觉愧怍，于是在家中便殷勤倍至，惟恐慢怠了娇妻，哪敢再奢望“红袖添香”？

由此男人就该灰心了吗？是在书中与绝色女子缠绵，享受一段温柔？还是就此断了杂念，做一个谦谦君子？我想，男人没必要为此而烦恼，“红袖”自然还是有的，只是不要把她看做自己的奴婢和依附，给她信任和尊重，相信香会自来。而我更希望的是，女人在言称独立的时候，是否能在轻松之时做一个“红袖”，不仅仅是为了给男人以体贴和关心，也是还我女儿的本色。其实，女人的温柔和细腻可以化解许多哀愁和郁闷，而这又不单纯是为了向男人邀宠，只是以落落大方的姿态、善解人意的情怀去和他人交流，和社会沟通，这不仅美丽了自己，也美化了生活，使我们的人际交往和社会活动更趋向文明。

“红袖添香”在古时是一个佳话，于今更增新意，恰如那杯香茗，热气缭绕而升，绵绵密密，轻轻柔柔，晕染了古时，亦会滋润了今时。

红袖下，本就是风情万种、繁花朵朵。

人面桃花

许多许多年以前，有一个风流倜傥的才子，偶然经过一户人家。门扉轻掩，阶前无尘，几支桃花斜出墙外，在春风里颤动身姿，悄然飘下零落的花瓣。才子欲起诗心，抬眼间，却见一清秀女子倚门而立，嫣然而笑。才子不免心旌摇荡，目眩神迷。那一刻，瞬间已成千古，于是衍生了一段美丽的故事。一年以后，又是一个明媚的春天，当才子再回故地，人却杳然，只留下那丛桃花，灿然开放在春天里，笑靥正如那心仪的女子。拾起几片花瓣，才子不禁怅然，凝神间，脱口而出：“去年今日此门中，人面桃花相映红。人面不知何处去，桃花依旧笑春风。”也许这位才子没有想到，这一阕伤情之作竟绵绵荡荡流传至今，他的名字也因诗而存，他叫崔护。

痴情男子总是少数，崔护的一往情深因此让人心生感动。

不期而遇的女子竟在他的心中幻化成灼灼桃花，一肌一容，一颦一笑，都绽成花影，闪烁在眼中。虽然芳踪难觅，但一树桃花却依然在春风里荡漾，恰如女子的微笑。原来吸引崔护的是那女子的娇羞情态。

回眸的羞涩，低头的温柔，像一朵水莲花，不胜凉风。娇羞就是女子的娇柔媚态，鼓着欲言又止的隐约和神秘。毫无机心，一脸的坦荡，自然地泻出一心幽香，将情意婉转成暖馨的情态，温温的，淡淡的，绵绵的，钻入心隙。就像崔护笔下的那个古典女子，倚着门偷阒；还像白居易描摹的弹琵琶的女人，犹抱琵琶半遮面。却把女人最原始最本质的味道挥散得云蒸霞蔚。娇羞，小女子的美韵，一入中年，便入了气质里，融进优雅的举止中，却更具风情，让男人思慕和神往。

所以，痴心的男子和娇羞的女子一同入诗，装帧成一种久违的意象，供我们怀想和摹画。

如今，唐时的烟尘已散，“人面桃花”的余韵徐歇，一见钟情者并不鲜见，痴心不改者却日渐稀少，且在相互交往中淡漠了那份悠然的古典情韵。尽管人在红尘，一生浸在世俗之中，平淡平常中享受着烟火滋味，怡然自得，乐此不疲，而如果生活里有花香飘过，有清风袭来，是不是更会神清气爽？所以，我常在体味诗情之时体味深情，初时的惊诧渐变为感动，慢慢地醉倒在桃花中……

今天已很难觅到那种天然的、不染尘俗的笑容，而那样自然的、不计功利的爱情也睽违已久了。都市文明呈现给我们的是各种太过精致、太过人工雕琢的东西，许多人的笑容里不再有真诚和善良，却饰以虚假和矫情。想一想，今天还能有几人会聆听徐徐渡来的远寺钟声，几人会凝望袅袅散去的湖上薄雾，更有几人会揽入夕阳那一低眉的无语温柔？生活的平凡单调、世俗功利渐渐地磨损了我们的才情，渐渐地淡漠了我们的心灵，远离了纯朴清新的自然之风，冷淡了天然随意的闲情妙趣，甚至亵渎了至真至纯的亲情友爱。所以，桃花已然成为一种象征，点亮和温润了我们的心，默默地沟通了我们和自然的天然联系，让我们获得视觉的安谧与心灵的抚慰。

当年的崔护从一瓣桃花、一缕幽香中，酝酿了一段情，绵延了一片相思，让今人唇齿之间还摩擦着“人面桃花”的珠溅玉屑，徜徉在花飞花谢的爱情之中。我想，是崔护的一往情深的痴恋感动了古今。这个儒雅书生并无炫人的财富，但却把一份思念刻成一首经典小诗，挂在桃花绽放的梢头，在春天的阳光下，与影影绰绰的记忆一起放大成一片片离愁，缠绕起一潮潮的情愫，而这一切，只是缘于真切、自然……

错误也美丽

每个时代的诗情味都有所不同。

《诗经》就是浸在水里的花，饱满，淋漓、透润；白雾，蒹葭，美人，湿漉漉的，是和南方梅雨天一起滋生的情欲，浮想之余却乐而不淫。而唐人的诗开阔豁朗，田园恬淡，边塞苍茫，有开悟世事的明智，也有开拓疆土的豪迈。那一番盛世繁华气象让人惊诧，霍然骤起英雄心。但掀开重锦灿色，我们还是能触摸到素棉淡布下一种平白小诗所散发的世俗暖意。

譬如李端的《鸣筝》：“鸣筝金粟柱，素手玉房前。欲得周郎顾，时时误拂弦。”一个女子纤指拨筝弦，琴音是悠然的，然而也是暧昧不清的，因为周郎在侧，小女子早已是心不在焉，音调已变，音律有差。其实，是她有意要弹错，毕竟周瑜风流俊赏，精通音乐，一个音也马虎不得，微醺大醉都能辨出，“曲有误，周郎顾”。所以，是小女子对周郎起了爱意，一见钟情的痴迷，才让她想出这么个鬼精鬼灵的主意。估计聪慧的周郎一定也领会到其意了吧？将错就错吧，谁让它错得这么美丽呢！

一件乐器，就是一个红娘，错了的音符就是一丝红线，不知能否系住情郎的心？

这样的曲婉情意，如此的浅易平实，隔着厚厚的时光幕帷，那柔软的质感、细腻的丝理，至今还温暖着我们的肌肤。

筝是乐器，筝也是爱情道具，白居易也有一首以筝为题的诗《夜筝》：“紫袖红弦明月中，自弹自感暗低容。弦凝指咽声停处，别有深情一万重。”笔法恰似中国水墨画的留白，纤指停，音凝绝，万重深情全在无言哽咽中。白居易写诗制景“取径深曲”，从来不铺排得满满当当，总是留有余地，让人回想悠悠，此时无声胜有声，手法自是高人一等。李端的《鸣筝》与此相比，技法虽逊一筹，但自然熨贴处却绝不输给大师白居易。

李端的诗有机趣，趣在小女子故意弹错琴音赚得小生一回首，小生假作中了机关，频频送秋波。于是，有了一个艳情故事，有了一种戏剧冲突。想一想，戏剧《花田错》、《风筝误》不全是由错而来吗？

还有一首美丽的诗《错误》：“我打江南走过，那等在季节里的容颜如莲花的开落。东风不来，三月的柳絮不飞，你底心如小小寂寞的城，恰若青石的街道向晚。音不响，三月的春帷不揭，你底心是小小的窗扉紧掩。我达达的马蹄是美丽的错误，我不是归人，是个过客……”你看，郑愁予的擦肩而过是不是也有唐人小诗的情味？错过了，却不疏忽，花落心底，留下暗香一缕，那就是记忆，那就是美丽。

爱情面前，男人和女人都会失态。怎样做到不失身份呢？不如学学唐诗中的那个女子吧。

万人丛中一握手

“游山五岳东道主，拥书百城南面王。万人丛中一握手，使我衣袖三年香。”这是清人龚自珍送给朋友的一首诗，诗名为《投宋于庭》。

很喜欢这样直白而深情的诗，感觉不像是赠友人，倒似乎像是送给情人。恍然间，看到了一只手牵住另一只手，在春风里穿行，衣襟上沾上几瓣桃花，浅粉的印记撩过手心，不自觉，却很温润。诗本身的韵律就跌宕出情感的起伏，近于口语的低吟，却凝出至柔至诚的深情。如手指的轻揉，如清钟的锐击，悠缓中却有一种震撼。

一个人遇到了另一个人，心动了，便深溺于一种想象的情爱中，完全舍弃了自尊，只为一个“喜欢”。所以，张爱玲喜欢一个人，“会卑微到尘埃里，然后开出花来”。花开时，看似淡然，其实，内里有无限的不舍与不忍。不舍蕴在心底的温存情意，不忍打破他的安静生活。即使胡兰成有了其他的女人，张爱玲仍寄生活费给他，并跑去温州求胡回心转意，终未果。她离开温州的时候，天下着雨，胡兰成送她，她叹道："你到底是不肯。我想过，我倘使不得不离开你，亦不致寻短见，亦不能够再爱别人，我将只是萎谢了。"在回沪的船上"涕泣久之"。总是高扬着头的才女，竟然以如此卑微的姿态俯就他，只是因为，"你问我爱你值不值得，其实你应该知道，爱就是不问值得不值得"。张爱玲在小说《半生缘》中借曼桢之口道出了她自己的心结。情如花落，这一场"倾城之恋"到底成为了一段旧话。

其实，俗世男女，人间凡事，于爱情而言，本不可太去深究道理，即使是聪明如张爱玲者，在自己的小说中看穿了爱情，却同样不能免俗。相爱的彼此，都相信对方是完美无瑕的，甚至不染人间烟火。万人丛中，一见钟情，执手相牵，盈盈轻握，是一刹儿，也是永远。但有时缘深缘浅，挚爱刻骨铭心，却总是陌路两端，香袭衣袖只是一段时光，从此，香杳人隔，再无相见。爱情就是这样的决绝，不容有第二种结局。

希望万人丛中寻到那只想念的手，却不知能永远牵住否？也许感情从来就有这样的犹豫和疑惑，是现实的冷肃让人清醒。但往往溺于情时，谁都没有选择。

因为，握手的感觉实在温暖美好。

风风雨雨隔人天

清明是怀人时节，翻出一些挽联，读后感慨良多。

现代书画大师张大千 1980 年为张目寒所写的挽联字字平常、句句动心：“春草池塘，生生世世为兄弟；对床灯火，风风雨雨隔人天。”张目寒是国民党元老于右任的重要幕僚，也是大千的义弟，两人友谊历数十年而不衰。“池塘生春草”是南朝诗人谢灵运的诗句，大千借此说明自己与张目寒犹如谢灵运与族弟谢惠连一样兄弟情深。大千哀恸之情绵绵不绝，忆从前，泫然泪下。天人永隔，只有期待来世再见，重逢时一定要拉住你的手，不放开，让我们生生世世都做兄弟吧。读了不觉泪湿。实在惊叹世上竟有如许才华横溢的人，诗书画印俱绝，艺品人品皆超人一等。大千画艺卓越，文字也有画意，但用的不是他独创的泼彩泼墨技法，而是简单的黑白线条勾勒，完全是中国式的写意，意在笔先，情动于衷，却最是传神。

静寂的夜晚最适怀人，所有的忙碌都可以停下，思念却时时泛起。风雨夜，周作人辗转反侧，起身披衣，临案挥墨，挽故友马隅卿："月夜看灯才一梦；雨窗欹枕更何人。"1935年2月18日元宵节，他们还一道出门观灯，二人兴致颇浓。不料翌日马隅卿在课堂上因突发脑溢血而长逝。雨滴敲窗，周作人思起故人，不禁唏嘘，再不可能与君对酌长谈了。联语洗炼平白，既不写逝者生平业绩，也不写自己悲痛欲绝的情状，只写二人平常相处小事，淡如水的君子情谊便油然而逸。周作人娓娓叙事、幽幽思人，笔风和他描写江南风物一致，蕴藉悠长。1939年，他挽钱玄同也是如此凄恻感伤："戏语竟成真，何日得见道山记；同游今散尽，无人共话小川町。"钱玄同，北京大学教授，语言文字学家，二人是同学又同事多年，交谊甚厚。遽然丧友，他悲从中来。想起自己戏谑的话："道山何在？无人能说，君既曾游，大可作记以示来者，惟寄到时君已不及见矣。"此言竟然成真，君真的再也不见。而每星期日同去小川町民报社听章太炎先生讲《说文解字》，如今也都已成旧事。还是那样的平白如话，宛若和故友正用家乡话聊天，看似淡然，其实心底已是波澜一片。

书法家林散之挽高二适同样挚情深怀："风雨忆江南，杯酒论诗，自许平生得诤友；烟波惊湖上，衰残衔泪，哪堪昨夜写君碑。"高二适是著名书法家、诗人、学者，1965年，他敢于挑战权威，就《兰亭序》真伪，提出与郭沫若相反的观点，引起学术界一片惊呼。高二适的老师章士钊称赞他为人低调，“愿天下人知有独学自成，不求人知之高二适其人”。高二适傲岸耿介，落落寡合，“素不乐随人俯仰作计”，却独与林散之一见如故，林散之也将其引为刎颈之交。1977年春，高二适因心脏病逝于南京，林散之撰联悼念并在墓碑上冠“江南诗人”头衔。联中思及二人对酌倾谈的风雨之夜，悲从衷来，情何以堪，唯有刻碑烙下哀痛和怀念。

这样的挽联虽没有赞颂之语，却尽述挚情深怀。

我喜欢这样的真情。

文火炖爱情

现在写饮食的文章和节目越来越多，饮食不仅成为生活的必须，也成了一种格调和一份趣致。

饮食文章看似简单容易，实际上最能考验文字功力。它必须具备以下几点：一是得有口福，吃遍大江南北，八大菜系，辣咸酸甜，才有将筷箸伸进文字的资格；二是要有胆量，胡吃海喝时忘记了脂肪的摄入，或干脆就牺牲了身材；三是将饮食吃出哲理，味精少许，花椒几粒，盐一羹匙，如入中药铺，桔梗，五味子，金银花，秤衡手掂，只在意了配量，却淡了情致，便落入菜谱一系。所以，没有这三者，是绝不会烧出纸上佳肴的。

字简，理清，韵远，是这类文章的特点。字不需多，拈起却要费一番思量，正如搓几点葱姜蒜，捻些微盐糖椒，淋多少酱醋，浇几勺老汤，手下功夫如何，菜的滋味就有鲜美和寡淡之别。言简了，意要明，就像勺下的火是高是低，皆因肉菜质地的不同而有了区分。算计了调料，掌握了火候，烹、煮、烧、炸、涮、烤、炒、煨、炖，方法不一，味道不一，才会有了各色的享受。而原料虽相似，烹出的也是不同风味，盖慧心异也。

深刻的思想启人，浅淡的文字悦人。平常日子就是居家晨起，买菜，洗米，做一锅粥，全家围坐吃饭聊天，佐以邻里趣事、小道消息、社会新闻，然后各自收拾鞋包，走出家门，上班上学，晚上回来又是聚在一桌吃和说。读梁实秋先生的《雅舍谈吃》，就像赴一场盛宴，读字如啖菜，让人齿颊留香。这“香”不仅是书香，也是菜香，来自先生的西施舌、火腿、醋溜鱼、狮子头、炝青蛤、炒鳝丝、炸丸子、爆双脆、佛跳墙、韭菜篓、乌鱼钱、芙蓉鸡片。就见先生在厨间，头戴白白的高帽，手执大勺，正大汗淋漓地翻炒着热锅。只待端上桌，食客饕餮，大块朵颐，竖起指头称奇，而他抹抹汗，笑了，在脸上，也在纸上。于是，不进饭馆酒肆，我们也能品尝到佳肴美馔。

曾经有一个阶段是盛赞鲁迅而贬抑梁实秋。我觉得，鲁迅是战士，梁实秋是隐士，每人心态不同，走的路不同，却都是文学史上的奇峰，让我们领略了不同风光。读鲁迅，心里升腾的是忧患和责任，看梁实秋，腑间漫溢的是人间温情。思想着，也生活着，这才是生命的原色和人性的本色呵。一桌盛筵是生活，一碟小菜也是生活，怎样品味，在自己的心情。

用文字烧煮的美食，是一道佳馔，不用筷箸，只用眼睛，同样会满足口欲和心灵。而用文字烹制的爱情也一样活色生香。因为以烹饪方法喻各类事物，容易让人舌底生津，先入口，细品之，再从腑底泛上嗝，再再后心底也会留香。一待有实物陈在眼前，从前的那些感觉就会慢慢浮上来，又会来一次精神会餐，虽然不太过瘾，却有了别一样的回味。饕餮大餐，“意淫”美食，是一次生理和心理的美妙享受。

于是，将这种感觉袭入文化，就有了“水煮三国”、“红烧水浒”的实例。而一经面世，还颇受人们的喜爱，可见“吃”对国人的诱惑了。

如果把爱情烹饪一下，该用何种方法呢？是煮、烧、烤、炖、蒸、涮吗？我觉得用文火“炖”之，才能香远益清。文火应该就是时间和耐心，还有温柔的爱恋、适当的浪漫、真诚的宽容、踏实的责任。在这样的火候下，爱情成婚姻，婚姻寓爱情，还有什么不能天长地久的呢？那种急火攻之的办法，虽然能催熟婚姻，却让爱情变得夹生。

爱情入厨，烹者须用心、用情，用文火慢炖细熬，出锅就是一宴美味，让人生涎留香。爱情在文火下被炖得烂熟，一入口，嚼出的是日子的丝丝纹理和情意的绵绵温度。

如此，再平淡的时光也染成了一匹彩色锦缎，泛着华丽的质感和妖娆的想象。

飞不过沧海的蝴蝶

传说一只美丽的蝴蝶，在飞越大海时，她的两只翅膀相爱了，于是他们紧紧地拥抱在一起，蝴蝶再也不能飞起来，飘坠进大海里。自恋的蝴蝶终究飞不过沧海。

挽手翩飞的蝴蝶，是一种美至极处的不可方物。这样的完美，稍向前走一步，就崩溃毁灭得凄烈哀绝。

阮玲玉是一个钟情的女子，只想像街巷里平凡女子一样，有个爱自己的男人，有一个美满温暖的家。灶烟饭香，布衣菜根，普通女人能得到的，于她却是奢望。她的自杀实在是出于对爱情的绝望，因为没有男人能爱惜她。张达民早不爱她了，只不断从她那里诈钱，为了钱，竟将她出卖给媒体；唐季珊跋扈、阴冷、自私，将她视为衣物随手抛弃；而蔡楚生掐灭了她的星点希望，当阮玲玉问他能否带她走，他说还有很多事情要做，竟拒绝了她。主张新女性反抗的蔡楚生，是怕可畏的人言毁了他的前程。而她在遗书中对这些男人却没有一丝怨言。对唐季珊，她说："我对不起你，害你为我受罪，我死后有灵，一定会保佑你。"对张达民，她说："我已经被你逼死了，但你用不着哭，用不着悔改，因为事情已经到了这个地步。"温情善良的女子，就这样为了爱情，走完了25岁的生命，只将她如花笑靥和高超演技留在暗淡的胶片上。她像一只时光深处邂逅的蝴蝶，轻盈地飞过了山门，停在候渡此生的彼岸。

在香港演员中，张国荣最有书香气和颓废精致的贵族气派。董桥夸他携"一身六朝沧桑的金粉"；倪匡赞他"眉目如画"；还有人说他最适合演贾宝玉。他的文化品味的确不俗，他喜欢日本电影《细雪》，欣赏贵族世家中清丽脱俗的四姐妹；他躲在角落里细细读完白先勇的《树犹如此》；他喜欢水墨画，在前任香港特首董建华的妹妹、名画家董建平的画廊买过雕塑家费明杰的《桂花》系列；他在香港中文大学还作过"如何演绎李碧华小说中的人物"的演讲，听者甚众，座无虚席。在那次讲座上，他谈到程蝶衣的死因有三：一是虞姬个性执著，要死在霸王面前；二是程蝶衣想以自杀来完成原著故事的情节；三是颠倒众生的偶像不能接受年华老去的现实。也许这也是他对自己纵身跃楼的一签尾注吧？

作为一个香港人，张国荣非常讲究饮食，享用中西最好的食物和最舒适的进餐方式。他喜欢喝酒，且专挑英国酒和法国酒。幼时他接触的都是上流社会的纸醉金迷。在英国留学，又熏染了英国的优雅和严谨。他永远爱美，爱奢华艳丽的事物。他在《漫天风雨》的文案里写道：“我喜欢醉生梦死的电影，亦喜欢同类型的歌曲。”因为绝望，所以醉生梦死；因为唯美，所以化作绚烂飞舞的一缕魂魄。

阮玲玉和张国荣都是这样一种人：高贵地面对自己，容不得自己生命里有任何缺陷。但他们忘记了一个道理：没有绝对的完美，只有相对的完美。脱离了一种情境，比如没有烛光，没有音乐，没有礼貌绅士的侍者，没有一套精致高档的骨瓷杯，也就烘托不出典雅的情境。人生总是有得有失。盛宴过后，是杯盘狼藉；烟花散尽，不过是寂寞夜空。想飞过沧海，就不能蜕成蝴蝶，而是要涅槃为一只飞鸟。

退后一步，凡尘里的相拥，要比起大海里的沉没温暖可靠得多，也容易把握。

也许，世间根本就没有完美，残缺就是美。

坚硬的爱情

爱情是繁盛的，爱情也是荒凉的。

那是被一种无形的手制约住的爱情，坚硬如钢铁，荒凉似枯草，心中绽出的温柔瞬间便被逼仄得无处藏身。就像《钢铁是怎样炼成的》中保尔和冬妮娅的爱情。

保尔无疑是一个刚毅的男人，他从未屈膝投降过，总是随时准备承受对自己最沉重的打击，他把整个生命和全部精力，都献给了世界上最壮丽的事业——为人类的解放而斗争。当他回首往事的时候，他不因虚度年华而悔恨，也不因碌碌无为而羞愧。他的生命里充实着革命热情，党是第一位的，爱情是附丽于革命的，他要求爱人必须和他一起站在革命的行列里。

而冬妮娅却是一个穿着白色的水手服，胸前飘着蓝色飘带，坐在花园里读小说的浪漫女子，周身都缭绕着蔚蓝色的贵族气质。她爱上了年青保尔，在她的眼里，他是个“晒得黝黑的、黑眼睛的孩子”，热情而倔强，“完全不像那些流口水的中学生”。她把纤细温暖的手指轻轻伸到他那不驯顺的头发里，温情地抚摸着。她仿佛无意地倚在保尔身上，保尔感到她是那么亲近。这虽然只是一瞬间的事，但是却深深地留在保尔的记忆里。他们拥抱，他们亲吻，保尔觉得除了母亲以外，谁也没有抚爱过他。正因为这样，冬妮娅的爱抚使他分外激动。他在屈辱和残酷的生活中长大，不知道还会有这样的欢乐。

这种感情是那样新鲜，又是那样不可理喻地激动人心。它使这个具有反抗性格的顽皮少年心神不宁了。少年的保尔还是单纯青涩的果子，扬着阳光的脸颊，揣着一颗自尊的心，挂在灿烂的时光中。当他在朱赫来的引导下加入到革命的洪流，革命将他锻造成了一个坚强的英雄，爱情也饰上了革命的色彩。保尔在铁路工地上偶遇冬妮亚，他以“公民”来称呼初恋的情人冬妮娅，用“酸臭”一词羞辱着她。风雪中，保尔手握着铁镐，冬妮娅裹衣离去，保尔的形象看起来是多么的高大。他用革命轻薄着爱情，哂笑着那曾经让他激动颤抖的爱情，却让我感到了悲凉。就因为不是革命者，凄楚的冬妮娅就得在泪光里承受着无情的阶级蔑视吗？保尔踏入风雪中，决绝，果断，坚定，革命的火焰燃烧着，爱情的花朵却枯萎了。

冬妮娅的爱是纯洁的，她从未嘲笑或者轻视保尔这个锅炉工。她救了他，并把他藏在自己的家中，送他踏上装着木材的火车。她虽然不懂革命，却依然爱青春热情的保尔。她的心中并没有装着阶级的隔阂，只是爱一个温暖的男人，只是想和爱人相惜相携，她有什么错？

刚毅的男人，坚强的男人，是钢，是铁，却一样在火里冶炼过，有热情，有温度。爱情是钢铁里的分子，永远凝固着钢铁。从革命角度看，保尔是生动的；从爱情角度看，冬妮娅却是鲜活的。钢铁是坚硬的，爱情却是柔软的。保尔用革命推拒了冬妮娅的爱情，绽放心中的玫瑰被钢铁挤碎了。革命锻造的钢铁没有了爱情的糅入，毫无韧性，冰凉、易折。

革命为什么要和爱情对峙？爱情一定要以革命作铺衬？无情未必真豪杰，革命不拒绝爱情，爱情不妨碍革命。在学者刘小枫的心中，“保尔的形象已经黯淡了，冬妮娅的形象却变得春雨般芬芳、细润，亮丽而又温柔地驻留心中，像翻耕过的准备受孕结果的泥土”。只因为人性是柔软的温情的，散着灼灼光亮，辉耀着红尘和心灵。

爱情像冬妮娅胸前的飘带，飘在风中，清丽，馨暖，以柔软拂拭着坚硬，却最让人伤怀。

谢 幕

花开花落，总有谢幕的时刻。任谁也逃不脱。

花是应和着季节，喧嚣地登场，颓唐地落幕。比如桃花。初春，一树树桃花盛开，“桃之夭夭，灼灼其华”，桃花似光影，片片，层层，灼灼，耀耀，肩上沾着香影，发上别着羞涩，登时让春天隆起声色，让平常的颜色也绚烂出几分媚艳。忽儿，一夜雨，一阵风，便“马蹄无处避残红”，萎成一渠污泥，生得热烈，死得惨烈。李渔就说过“色之极媚者莫过于桃，而寿之极短者亦莫过于桃”。李香君写给侯方域的信一开头是：“桃花落红，妾所深悲；飞絮依人，妾所深耻。”因为桃花直白肉感的艳丽而被斥为“妖客”，明代以后更沦落成妓女的代言花，因此李香君的悲花也是怜悯自己，而桃花的命运隐喻了“红颜薄命”之孽缘。

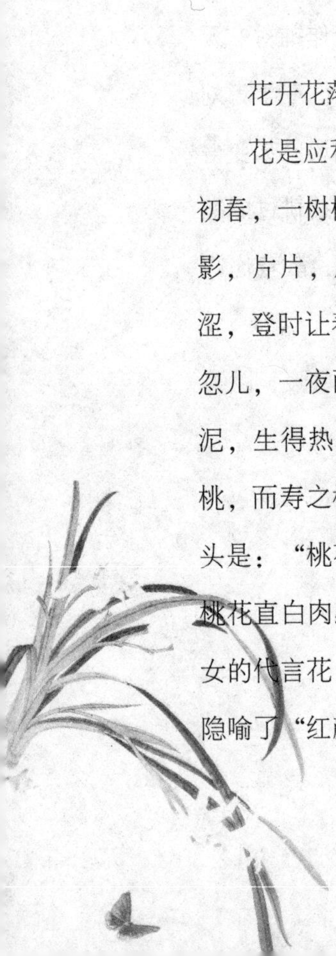

女人，正是这样。一阵锣鼓呛呛地催着，急火火地踩着点儿，然后柔软身姿，长袖飞舞，亮出腔内最烈最媚的嗓音，台上沉醉在自己的姿态里，台下掌声骤然响起。这是女人最灿烂的瞬间，若花儿睁开惺松的眼，一刹儿迸出最艳色的蕊。啧啧称奇下，便有了掩饰不住的羞涩和得意。而桃花开时盛大，凋时落寞，毕竟花期短暂，多少繁华总成空。崔护一见而钟情的女子，人面桃花相映红，却终究是身薄命浅，耐不住时光的琢磨，惹得崔公子隔年再探，却见桃花笑春风，不见伊人倚门回首嗅青梅。

女人被时光一点点从亮处拉到暗处，隐没，再也无话可说。

有开场，必得有谢幕。女人不甘岁月的沧凉，亦不甘爱情的脆弱。容颜，爱情，都有过春风摇荡的芳华，却经不住时间的揉搓，那一段花季逝后，便是凄凉和苍老。

想不开也罢，全力抗拒也罢，流水落花春去也，天上人间，是到该谢幕的时候了。天上的是神仙，人间的才是俗妇。许多年后，多少亮丽的容颜还不是一样枯槁如旧木。怀抱着美丽的心思，拱手谢幕，转身时，背影憔悴，却因有了几分庄重而让人尊重。

想起了葛丽泰·嘉宝。嘉宝是好莱坞默片时代的电影星后，这位神秘忧郁、高贵美艳的女星，36岁就告别了银幕，并终身未嫁。她集天真、纯洁、风雅和慈善于一身，脸上焕发出一种安详、皎洁、纯净而又透澈的光芒。罗兰·巴特说嘉宝的脸带有一种幽情的线条、毁灭的预兆，与嘉宝合作过的所有导演与摄影师都说她是他们梦里的文艺复兴女神，说她有着过去和未来最美的眼睛。连恶魔希特勒都热爱她主演的《茶花女》。但嘉宝说：“我要劝他休战，不然我就把他杀了。”

出色的女子都是孤独的。不管什么时候，嘉宝都只愿意跟那些孤独的、对她没有性威胁的人在一起，如管家、亲戚、同性恋男人以及那些像她父亲或母亲的人。最终，她在《瑞典女皇》中的那句著名台词一语成谶：“我将一个人终了此生。”留在记忆里的嘉宝永远被定格在《瑞典女皇》结尾的那一刻，她站在风中望着远方，目光似乎空洞却又好像拥有一切，只给世人一个惊艳却无法破解的传奇。

也许是不想让世人看见她日渐枯槁的残艳才华丽转身，给世界一个优雅的背影吧。离去时，有失落，也有无尽的解脱和释然。带着一份尊严谢幕，去赴下一场演出，那是有了云上俯视的开阔和了然。

有时，对待爱情也应该有这样的姿势。挽留不住时，就放手吧。水中的花，强要留住一抹红，徒然，也是枉然。

脚步声渐悄，身影渐杳，舞台一侧二胡的幽咽，铺尽了红尘的繁华，也道出人生的无所凭依。

能稳步退下者，最让人倾慕和仰望。

伫立于几米之外看你

有一个故事：一个女子，一个男子，住在一个巷子里。彼此之间相遇过，也匆匆地招呼过，心里都烙下了她和他的影像。兵荒马乱时，人们纷纷逃难。就在巷口，一个在东，一个在西，就那么几米，两人看见了对方，驻足，相望，却没有走近，眼中流出的深情却映成天边的流霞，滴下鲜红的印记。然后，他们就各自转头，向别处走去，以后再也没有相遇。

或许，多少年过去，在一个夕阳洒进窗子的黄昏，他们还会想起那次巷口的凝眸，虽然凄凉，却也凄美。剔除了烟火，那份纯美的感情就变成了圣经似的虔敬，不染尘俗，永远放在心上供仰。不能果腹，却能清心。

一般女子最大的愿望，是和自己爱的人生活在一起。如果那个男子不爱自己，为了一颗心也会不管不顾地去付出；恰若那人是爱她的，便皆成好事，腑间都透着无尽的喜悦与感激。而男女姻缘结后，柴米油盐的日子里却淡漠了许多浪漫的情致。于是失望，于是怅惘，开始怀念着单恋的甜蜜。其实，爱而不得的曼妙，才会让爱情保鲜，直到生命的终结。爱一个人，跟他一起走是一种表达，让他独自流浪也是一种表达。微笑地送走他的背影，隐忍着，孤寂着，担当的是一时或一世的疼痛，换来的却是化蛹为蝶的惊艳，还有灵魂的坚强和通透。有时，人需要独自承担一些生活内容。

看过《廊桥遗梦》和《花样年华》，知道西方和东方都有这样一种爱情：浪漫，克制，隐忍，唯美。在桥上、街口偶然邂逅，那一刻的惊诧，却是一生的奇缘。然后便是魂牵梦绕，老牛仔和弗朗西丝四天的缠绵成就了一世的情牵，而周慕云和苏丽珍只是在街下路灯对视，心里的爱变成了灵魂的痛，那一怀的相思只能说给树洞听。

雾里看花，朦胧；隔岸观树，迷离。因为这朦胧和迷离，便可以在脑中勾勒和想象，如幻，如梦，又如真。有了一种纯美的意象，形而上的，却是可资怀念和书写。

隐忍之爱所包含的巨大的美感和张力，并不是所有人都能体会的，但又是最令人迷恋的。因了那份隐忍的含蓄、隐忍的暧昧，多了遐想的空间，说不清，道不明。也许正是这种隐约的爱才是最美的，没有说出来，也不必说出来，但却可以真真切切地感觉得到，欲进不能，欲退不忍，就像周慕云和苏丽珍，徘徊在理智与欲望的缝隙间，脚步永远跟在心跳的后面，期待的是一种身与心的超越和升华……

拥有时心怀感恩，失去时独自承受，欢欣疼痛因为都埋于心底，所以爱保持了最真纯的本色。这种隐忍之爱像一根藤子缠绕在心里，随着岁月盘绕生长，长不成树，也开不了花，但始终青葱茂盛，一生都有绿意，永不荒芜。

想一想，毕竟老牛仔和弗朗西丝因为心灵的契合而有了身体的相融，灵与肉融合一起，还能给这场爱情一个短暂安慰。周慕云与苏丽珍只能是纯粹的精神之恋，说起来总有那么一丝遗憾，而正因了这遗憾，才让人觉得繁华正盛、声色正酣之时，能蓦地收敛起欲望，实在是一种彻悟，应合了我们这个民族的儒道观。

所以，西方和东方即使在这样的爱情面前，也有了许多不同。但又相同地走向唯美。遗在“花样年华”的梦，像那一袭袭旗袍，绚丽、凄美地开在昏黄的夜色里。

说给树洞的故事，可以让树行走；留在心里的信，可以让心成为一所殿堂；而爱情就只能是缭绕在树上的风，只能是诵在心中的圣经，悠远地成为传奇和想象。

有时，你我一生中，都应该有一次这样的伫足，默默，在几米之外。

烟视媚行

摸到“烟视媚行”这个词，像遇到一个人。

睫毛长，眼影深，半睁半闭间，有一缕幽光泻出，是被烟雾熏疼时的一惊，是让酒精麻醉时的一软，高跟鞋，吊带裙，涂着丹蔻的手指，夹着细长的烟，一明，一灭，晕黄的光下，有烟火的绚丽，也有花瓣的凄凉。就是这样风尘味十足的女人，魅惑，妖艳，放荡，虽有不清不楚的过去，却是男人梦里的情人，纠缠着男人的幽暗时光。譬如舒淇，虽然没有惊人之美，却有惊鸿之魅。狭长的眯眼，丰厚的红唇，修长的双腿，纤细的腰肢，风情无限地媚笑着，掳着男人的贪心。男人不管她的过去如何，依然是把她当玉女追逐。

看起来，女人的内涵和德行在男人看来，可仰望，却不可亲近。和知性女子隔着书桌谈话是愉快的，而隔着咖啡桌呢，却必定是需要这样烟视媚行的女人了。

这是男人的一种虚荣，也是男人的一种本性。更多的场合，女人是作为纯粹的风景载体来点缀男人“谈资”的。男人肯定女人总是从她的相貌着手，而她的才华、智慧、思想大可忽略不计。能够爱上杜拉斯灵魂之美的男人，他的灵魂也是洁净、高尚的，值得人钦敬和仰慕。可惜，这样的男人是稀世珍品，难遇。

对于男人，女人味是女人的精魂，像蓝缎裙下伸出的那一截桃红，撩拨心弦。男人不仅需要一种月光般的圣洁，也需要一种阳光般的热度。烟视媚行的女人让男人走进了后花园，花草葳蕤，俯仰生春。从情爱到性爱，无须品德的圆满，只须欲望的倾泄。

男人的虚荣，成就的是女人的悲哀。毕竟“出得厅堂，入得厨房”的女人是不多的。试想，厨房里的女人，日日在烟火的熏燎下，衣上染的是酱醋颜色，还会有锦衣夜行的华丽和灿烂吗？男人的花心是需要一种借口的，于是才有了这样的要求。每个女人都希望自己是一个公主，可落入红尘的公主，不仅是谈情，还要吃爱，在烹煮裁剪下过平常人家的烟火日子。在这样的时光里，再娇柔的公主也会变成俗女子，操持家务，相夫教子，孝敬公婆，日子过得琐细繁冗，倦了的眼眸里满是怜爱，流出的波光虽不妩媚却温柔。那些经过烟火滤染的女人因为有了红尘味道，更舒服，更贴切了。不知男人有这样的感觉吗？裹在纯棉的睡袍下，肌肤摩挲着柔软的织物，易安然入梦。而袭一身西装上床，挺括的衣料拘束着身体，辗转反侧间，恐压皱了衣服，那种担心和小心，是不会轻松安眠的。

红尘女子带着一种熨贴的温情，烘暖了男人寂寞的夜晚，却因为所谓的不解风情而被男人冷落。一帘眉山眼水看过，黛烟已成流云，衣袖生风，昨日的缠绵寥落成泥、碾碎成尘，曾经的欢爱也不过是那一段时光的点缀。这样的结果怎不让女人对爱情失望和怀疑？

风尘女子的烟视媚行，不过是行为举止的轻佻，骨子里还潜着及时行乐、掏空男人腰包的欲望。洗尽铅华后的容颜，还不及凡俗女子的自然和洁净。这样的女人是要有背景来衬托的，夜晚，酒吧，红酒，吊灯，高脚杯，音乐，离开这些，怕是难以制造出邂逅和一见倾心的故事。所以，这样背景下很容易发生一夜情和婚外恋，这样的背景也撩着男人不安分的心。于是，男人在腰里有了几沓钱之后，便磨刀豁豁，潜入缠绵颓靡的夜色里去了。

不过，现在的男人也精明了，从夜色里倦怠着走出来，揉揉惺松的眼，立马正襟严色，一副居家好男人的模样。他既不舍前庭的庄重，亦流连后院的奢艳，淡妆的是摆在家里洗衣做饭的，浓抹的是带到席间炫耀风光的，如此，淡妆浓抹总相宜。男人窃笑：艳福真的不浅哦，有两个女人供我驱使，皇帝也不过如此吧。殊不知，皇帝的位子也会顷刻翻覆的。风流韵事一俟见光，家庭不保，前途亦岌岌可危了，那时，还会有这样的得意吗？

烟视媚行，本是一种美丽的姿态，一种发自心底的温柔和善良，还有浮在面容上的光洁与柔媚，万种风情下婉转着优雅，也忧郁着心情。那些风尘女子只是抄袭了皮毛，离其精神内质还远着呢。红尘女子却当得起这美丽，只不过是平常日子里淡漠了这种情致，无论是外表还是内心，少了一种细腻和浪漫，时日一长，便给他人以可乘之机。而红尘女子怪叹遇人不淑之时，何不先美艳起来，从里到外用心修饰出美丽和优雅。如果这样，男人还是弃之不顾，不如抬起玉足，一脚踹了他，天涯何处无芳草，不必吊死在这棵朽树上。一旦女人有这样的决心，男人也要震惊一番，到头来，后悔的反而是他了。

这样的壮举应该是最后一招吧。红尘女子或许偶尔有一回这样的风情，迤逦行过一截夜色，给男人一个惊艳，也给自己一份妩媚。幽雅里荡着些许邪狎，气质中散着一点颓废，将女人味挥洒得充沛湿润，再回到书房或厨房，不仅男人爱，女人也爱。

红尘女子不必做风尘女子，一样是个烟视媚行的女人。

换棵树看风景

我总爱把城市当成一棵树，枝枝杈杈上都是栖居的鸟。有时，鸟儿会从一棵树跳到另一棵树。因为，每一棵树都会有不同的青翠和阴凉。

人何尝不是一只鸟？何尝不想换棵树看风景？

当小说《阿巫的托卡塔》中的阿巫飞到故乡外的另一个城市时，她听到的鸣叫初时清脆，转得久了，啼音变暗，渐渐沉默，却刻成了记忆中的一种痛，在彼时提醒着自己曾经经历过那一段时光。

阿巫来到北京，遇到了几个朋友，旧知，新爱，交织纠缠，执意地生长在北京的那个夏天。

小说渗透着生活的细节，充满着巧合与偶然：蕊兮打车时遇到了方念宗，阿巫在网络上碰到了肖鲁。然后，前者开始了一段新的恋情，后者则重拾旧日的温存。在这片硕大城市森林里，他们相互取暖，虽然躲在一个巢时，翅膀难免相刮，划出一道道血痕，却因为彼此拒绝孤独的姿态，又都相互理解和原谅。万人丛中一握手，爱情成了生存在他乡的理由和依附。

“记忆和穿衣可以叠加，现实从来都是转弯的姿态。”丁丁在书中这样说。小说中的人物徐燃因公务出国，和妻子查查分居多年，爱情的余温犹在，生活却转了一个弯儿：查查在徐燃的朋友张赫然的关照下，打发着相思的苦楚和寂寞的时光，却无意间相撞出一段感情。你无法简单评说这感情的道德与否，仿佛宿命一般，爱情就是命运的必然，这一个路口我和你分手，下一个路口我和他相遇，片刻陪伴，短暂温存，便各自回到自己的命运中，无法停留，不能释然，却不得不承认，生活就是这样的戏剧，戏剧从来就演出着生活。

时光不会像夏天染绿树叶，只能像秋天淡去叶间的水分，叶落了，枝枯了，但树仍在，等待下一个季节的轮回。生长在北京的爱情蓊郁过也飘落过，却都恣意地绽放了青涩的幻想，在那个偶遇的树林，在那个永不回来的夏天。我读着这部小说，便一直沉在这样的情绪抚慰中。一丝忧郁扫过，一缕阳光射来，就这样在作者游刃的文字间，寻绎着人物的情之羽思之痕，找回了自己曾经的那份年轻感觉。

丁丁写过一本散文《颜色醒了》，书中的文字是跳跃着的，她看云，读雨，听花开的声音，捧着云朵心思，一路笑着，踩下去，一个涡儿，又一个涡儿，溅出的都是清凉和芬芳。而这本《阿巫的托卡塔》迥然于此，是轻手蹑脚，是不忍触碰，那一种郑重是成熟后的谨慎，是踏入陌生的小心，虽不再像从前那样一路欢跳，却分外留心身边的人和事，沉淀心里，滤出了理性的哲思。"'我爱你'这句话是人们最渴求、最常说又最不信任的，就像'我饿了'一样，吃饱后即刻遗忘。""爱榴莲就是爱上曾经苍茫、细碎的流年，爱上一种说不清道不明的吻。""悲伤也是有保质期的快速消费品。"这是丁丁的语言，豁然，明快，甚至有切肤的痛感，却让人不由地回到真实：原来生活就是这样，原来爱情不过如此！

成长的过程也是一个思考的过程，她把心放在了日子中，把情融进了琐碎里，真实，踏实，绝不浮躁。

小说是智慧的，人物是年轻的，语言是轻灵的，可以把它当做诗和散文，好读，好看。惟一遗憾的是，书名意象模糊，影响了读者的第一眼阅读。或许，直接以北京这个城市入题，更能撩起读者的兴趣。

如今，丁丁客居在德国，每天都写着自己喜欢的文字，做自己喜欢的菜，拍自己喜欢的景色，小女人的天真，作家的知性，都让她快乐着知足着。而北京，已经成为她记忆里那一瞬的痛，忘不掉，挥之不去……

（《阿巫的托卡塔》吕丁丁著世界图书出版公司 2009 年 11 月版）

写意之魅（后记）

中国画讲究写意，几笔勾勒，情态立现，形简而意丰。北宋仲仁和尚以水墨晕染梅花，“梅花写真妙天下”，自成一格，开松、竹、梅"岁寒三友"题材，后世多有效仿。这种不求神似、以境夺人的作画形式，是中国书画造意之法，也是中国文化精髓所在，更是一种东方式的精神取向。

中国画不求形似，书法尚意，追求笔墨意态，“诗凭写意不求工”，戏曲一桌二椅、写意虚拟，园林亦咫尺山林、曲径通幽，“虽由人作，宛自天开”，大丈夫“忠可以写意，信可以远期”，全然将写意铺散在中国文化的枝枝杈杈上，弥漫出一股蕴藉含蓄之魅，完全契合中国儒家哲学的中庸、中和、中正之道。

明代徐贲《写意》诗道：“看山看水独坐，听风听雨高眠。客来客去日日，花落花开年年。”一副处世不惊、不躁、不乱之态，将人生诠释成写意山水、墨戏天地。中国人喜欢的就是这样的生活状态，花看半开，酒饮微醺，由来意态画不成，却经写意而得神韵。

写意艺术，写意哲学，写意人生，若臻此境，夫复何求？

于是，我以《花看半开》为书名，铺开的正是这一程的绚烂。